夜の脅迫者

西村京太郎

祥伝社文庫

目次

危険な若者

1

井田瑛一《いだえいいち》が、初めて冴子《さえこ》のプロダクションに現われた時、彼女は、まだ稚《おさな》さの残っている外見に、危惧《きぐ》よりも好感を持った。その稚さの中に、ある種の甘さがあり、新人歌手として売り出していく上で一つの武器になると考えたからでもあるが、松崎浩《まつざきひろし》に対する反発が働いていたことも否《いな》めなかった。瑛一の明るい若さに、松崎と正反対のものを感じたのである。

松崎は、冴子の経営している「青葉《あおば》プロダクション」のただ一人のスターだった。長い下積み生活の間に声を潰《つぶ》してしまい、何処《どこ》のプロダクションでも拾ってくれず、冴子のところに転がり込んできたのが二年前である。その時、すでに冴子より一つ年上の二十八歳で、この世界ではロートルと呼ばれる年齢だった。冴子も勿論《もちろん》、松崎がスターになるとは考えていなかった。置いてやったのは、いってみれば、憐憫《れんびん》からである。それほど、冴子のところに来た時の松崎は、卑屈に見えた。三十近いだけに、その卑屈さは滑稽《こっけい》にも見えたが、冴子は、いじらしさのようなものを感じて、知り合いの作曲家に頼んで、彼のために一曲だけ作って貰《もら》った。勿論、その曲が当るなどとは考えていなかった。作詞は、素人《しろうと》に近い詩人の卵だったし、「裸の愛情」という題からして売れそうもなかった。作曲も、何処《どこ》となく投げやりなところがあった。冴子への義理で仕方なしに作ったからかも知れない。勿論、レコードにはならず、松崎は、それを場末《ばすえ》のキャバレーなどで歌っていたのだが、それが、当ったのである。

レコーディングすると、忽《たちま》ち十万枚を売り尽くした。本人の松崎は呆然《ぼうぜん》とし、冴子は、わけが判《わか》らなかった。

松崎は、「裸の愛情」一曲で、スターになった。それまで、見向きもしなかったテレビやラジオから出演依頼が殺到するようになった。バイロンの言葉通り、一朝《いっちょう》醒《さ》むれば天下の雄になっていたのである。

松崎の態度が変り始めたのも、この頃からだった。下積み生活が長い人間は、スターになってからも謙虚だというが、こんな言葉は芸能記者の作文でしかない。むしろ、苦労してきた人間ほど、その鬱積《うっせき》したものを爆発させたい欲求が強いから、スターになった時、傲慢《ごうまん》になるものだ。いつも、いじめられている人間が、権力の座につくと、弱者の味方にはならずに残酷に振舞うように。

松崎は傲慢になった。自分では、スターらしくしているつもりらしいが、冴子の眼には、鼻持ちならなく映《うつ》る。若ければ、天狗《てんぐ》になるのも一種の可愛《かわい》らしさだが、三十歳の分別盛りが自惚《うぬぼ》れるのは、冴子には我慢がならなかった。といって、今の青葉プロダクションでは、松崎浩を手放すわけにはいかなかった。だから、余計に、腹が立つともいえる。

松崎の傲慢さには、そんな冴子の弱みにつけ込んでいるようなところもあったから。

冴子は、自然に、松崎と比べる眼で、井田瑛一を見ていた。

(この子は、いい眼をしている)

と思った。暗さのない眼だった。

「僕、歌手になりたいんです」

と、瑛一は、いった。

2

冴子は、瑛一を、作曲家の中島《なかじま》のところへ連れて行った。四十歳になるのに、まだ独身でいる中島は、冴子の連れてきた少年を、おだやかな眼で迎えた。

「テストして欲しいんだけど」

と、冴子が頼むと、中島は、気軽く、瑛一を、ピアノの傍《そば》に連れて行った。

「何を歌ってみるね?」

中島が訊《き》くと、瑛一は、きらきらした眼で、中島を見て、「『裸の愛情』を歌います」と、いった。

「先生の作曲されたこの歌が、一番好きなんです」

「――――」

中島は、一寸《ちよつと》照れたような顔をした。が、すぐ固い表情になると、いきなり、ピアノを弾《ひ》き始めた。瑛一が、冴子を見た。冴子は、「歌ってご覧なさい」と、いった。

瑛一は、緊張した顔で歌った。よく通る声だった。甘さもある。冴子は、「イケる」と思った。上手《うま》くいけば、スターに出来るかも知れない。中島にも、同じ言葉を期待したのだが、いつもはフランクな彼が、今日に限って、曖昧《あいまい》な態度をとった。二人だけで話したいというのである。冴子は、仕方なしに、明日もう一度事務所に来るようにといって、瑛一を帰した。

「今日の先生は、一寸変だわ」

と、二人だけになってから、冴子がいった。長いつき合いだが、冴子には時々、この男が判らなくなることがある。

「いつもなら、当人の前だって、ずけずけいうくせに」

「そうかね」

中島は、苦笑して、席を立つと、グラスを持ってきて、冴子の前に置いた。

「今の子も、置いてやるつもりかね?」

「ええ。声もいいし、素直そうだし、ルックスも悪くないし――」

「だが、楽譜が読めん」

「読めなくても、スターになったのは何人もいるわ」

「そりゃあそうだが」

「妙ね」

と、冴子は、中島の顔を、覗《のぞ》き込むように見た。今日の彼は、確かに変だ。

「先生は、あの子が、気に入らなかったみたい。違うかしら?」

「正直にいうと、気になるのだ」

「何が? 才能の点で?」

「いや。才能はあると思う。人気者になりそうな気もする。それだけに余計に不安になるんだが――」

「何のことなの?」

「あの子を見ているうちに、気がついたんだが――」

中島は、言葉を切って、グラスを口に運んだ。

「影がないんだ」

「影?」

「ああ。人間って奴《やつ》は、誰でも影を持ってるものだ。一年一年、生き恥をさらす度《たび》に、影も濃くなってくる。あの子には、まるで、それがない感じだ」

「若いからでしょ。一度も傷つくことがなかったのよ。きっと」

「そんな人間がいるかね」

中島は、固い声でいった。

「少年には少年の苦悩があるものだと、僕は思うがね」

「今日は、少し変だわ。先生――」

冴子が笑うと、中島は、苦《にが》い笑い方をした。

「前にも、同じ感じを受けた人間がいたんでね。一寸気になったのだ」

「どんな人?　やっぱり十九歳の少年?」

「いや、女さ」

中島は、短くいった。冴子は、煙草を取り出して火を点《つ》けた。医者に、心臓に悪いからといわれるのだが、こんな仕事をしていると、止められなかった。

「松崎浩のことだが――」

と、中島が話題を変えて、いった。

「噂《うわさ》は聞いているよ」

「どんな噂?」

「最近、天狗《てんぐ》になっているらしいね」

「ええ。まあ」

「あまり気にしないことだな。心臓に悪い」

「気にしてなんかいません」

「それならいいが、ビジネスライクにやることだね。それに、松崎浩は、単純な男だよ。天狗になっていても、上手くおだてれば、かえって使い易《やす》いともいえるんじゃないかな」

その単純さに腹が立つのだが、冴子は、黙って笑って見せた。

3

冴子は、瑛一を、置くことにした。中島の妙な言葉は、気にならなかった。恐らく、あの時、中島は酔っていたのだと考えただけである。

瑛一は、驚くほど礼儀正しかった。最近の若者の無作法に辟易《へきえき》していた冴子の眼には、彼の行動が好ましく映った。口やかましい事務員の大野文子《おおのあやこ》までが、瑛一のことを賞《ほ》めた。

一週間たって、瑛一が、緊張した顔で、「お願いがあるんですが――」と、冴子にいった。

「なに？」

「僕を、松崎先生の付け人《びと》にしてくれませんか？」

「松崎には、健《けん》ちゃんが付いてるわよ」

「知っています。でも、辞めたいといってましたから。そうしたら」

「健ちゃんが？」

「ええ」

冴子には初耳だった。松崎に電話をかけてみると、付け人の堀上健次《ほりうえけんじ》が、昨日から姿を見せないと、怒ったような声で、いった。

「どうも、最近の若いのは、我儘《わがまま》で困りますよ。自分の都合で勝手に辞めちまうんだから」

「あんたが、いじめ過ぎたんじゃないの」

冴子が、皮肉のつもりでいっても、電話口の松崎は感じない様子で、

「至急一人探して欲しいな」

と自分の都合だけを口にした。

「今度は、素直な子がいいな。勝手に辞めないようなね」

「探しておくわ」

とだけいって、冴子は電話を切った。恐らく、松崎の傲慢さが、若い堀上健次に腹を立てさせ、辞めさせたのだろう。受話器を置いて、冴子は、傍《そば》で電話を聞いていた瑛一を見やった。

「電話は聞いたわね？」

「はい」

「付け人というのは辛《つら》いわよ」

「構いません。英雄《ヒーロー》の傍にいられるんですから」

「英雄？」

「そうですよ。松崎先生は、現代の英雄です」

「現代の英雄ねえ」

自然に冴子の顔に苦笑が浮かぶ。彼女の眼には、無教養なつまらない男としか映らないが、この少年の眼には、松崎浩が現代の英雄に見えるのか。

瑛一は、松崎の付け人になった。冴子は、ひそかに、瑛一が松崎の傲慢さに腹を立て、付け人を辞めるといい出すのを待つ気持になっていた。二人も続けて付け人が離れていけば、松崎も自分の態度を反省するかも知れない。その期待が冴子にあったのだが、半月、一か月と過ぎても、瑛一は、一向に、泣きごとをいって来なかった。暗い顔をしているのも見たことがない。

「どう？　付け人の生活は？」

と、冴子が訊くと、瑛一は、初めて彼女の前に現われた時と同じ明るさで、

「毎日が、とても勉強になります」

と、いう。その言葉に嘘《うそ》は感じられなかった。冴子の方が、かえって拍子《ひょうし》抜《ぬ》けした恰《かっ》好《こう》になった。松崎と瑛一とは、正反対の人間に見えるが、案外、気が合うのかも知れない。それで、松崎も、この少年には意地悪く当らずにいるのだろうか。念のために、バンドマンの一人にそっと訊いてみると、松崎の瑛一に対する態度は、やはり、傲慢そのものだという。

「見ていて、一寸可哀《ちょっとかわい》そうなくらいシゴくんだな。それなのに、全然、従順なんだ。あの子は」

と、そのバンドマンは、冴子に向って笑って見せた。

「近頃の子は、屁理屈《へりくつ》ばかり並べるんで、使いにくくて仕方がないんだが、あの子だけは違う感じだなあ。かといって、歯を喰《く》いしばってるって感じでもないし、いつも嬉《うれ》しそうにやってますよ。従順そのもの――」

冴子は、ふと、中島の言葉を思い出した。彼の予言者めいた言葉に、バンドマンを驚かせた瑛一の従順さとは、どう結びつくのだろうか。

秋に入って、松崎は、九州巡演に出かけた。本来なら、冴子も行くべきなのだが、彼女は東京に残っていた。松崎と一緒の旅行は気が重かったし、妙な噂《うわさ》を立てられては適《かな》わないと思ったからである。

九州での興行は好評のようであった。「長い下積み生活からスター街道へ」のキャッチフレーズが、情にもろい地方の人に受けるのかも知れない。

(あんな男に、どうしてファンがつくのか)

と、冴子は苦笑していたが、巡業三日目の夜になって、事務所にではなく、彼女のマンションの方へ、九州から長距離電話が掛ってきた。電話口に出ているのは、瑛一だった。

「大変なことが起きたんです」

と、瑛一は、いきなりいった。

「松崎先生が、警察に連れて行かれてしまったんです」

「警察に？」

冴子は驚いて、大きな声で訊いた。咄嗟《とっさ》に、何が起きたのか判断がつかなかった。

「自動車事故でも起こしたの？」

「いえ。何で連れて行かれたのか判《わか》らないんです」

「文《あや》ちゃんはどうしているの？」

冴子が、同行している事務員の名前をいうと、「文子さんも、警察へ行っています」という返事だった。

「僕、どうしたらいいでしょう？」

「大丈夫よ」

と、冴子は、いった。

「どうせ、すぐ帰されるから」

恐らく、地元の人間と喧嘩《けんか》でもしたか、さもなければ、素人の女に手を出して訴えられたか。冴子には、そのくらいのことしか思いつかなかった。いずれにしろ、説諭《せつゆ》くらいで、帰されるだろう。

冴子は、瑛一を安心させて、電話を切ったが、自分があまり驚いていないのを感じて、ひとりで苦笑してしまった。松崎のような男は、たまには警察でお灸《きゅう》をすえられた方がいいのだという気さえする。冴子は、自分の松崎に対する反感が、意外に深かったことに気付いた。彼女が驚いたのは、そのことの方だった。

翌朝早く、また九州から長距離電話が入った。眠い眼をこすりながら受話器を取ると、今度は瑛一ではなく、大野文子のきんきんした声が飛び込んできた。

「松崎さんのことですけど——」

「釈放されたのね？」

「いえ。まだなんです。それで、社長に、至急、来て頂《いただ》きたくて」

「松崎は、一体、何をやったの？」

「薬なんです」

「クスリ？」

「警察では、麻薬所持で逮捕したといっているんです」

「所持って、松崎は薬を持っていたの？」

「警察は、洋服のポケットに入っていたから逮捕したといっているんです」

「松崎は？」

「勿論、否定しています。でも、警察は信用しないんです。ですから、社長に来て頂かないと——」

大野文子は、気が転倒しているようだった。「行きます」といって、冴子は、電話を切った。松崎の逮捕容疑が、麻薬所持だということは、意外であった。が、考えてみると、全く予期されなかったことでもなかった。松崎は下積み時代に、ヤクザと関係していたことがある。冴子のところに来た時、きっぱりと関係を絶ったといっていたが、関係は続いていたのかも知れない。そうだとしたら、薬を持っていたとしてもおかしくはない。

冴子は、ともかく、電話で飛行機の席を予約した。

福岡に着いたのは夕刻である。飛行場を出たところで、立売りの新聞を買って、タクシーの中で拡《ひろ》げた。

(出ている――)

と思った。「松崎浩、麻薬所持の容疑で逮捕さる」とあった。かなり大きな見出しだ。犯人とは書いてないが、人気商売の場合は、容疑だけでも致命傷になり得る。人気というものが、雲を摑《つか》むように不確かなものだけに、容疑を受けたという噂だけで、霧散《むさん》するおそれがある。

(これが、松崎の命取りになるかも知れない)

冴子は、新聞を小さく畳《たた》んで、ハンドバッグに納《しま》った。顔はこわばっていたが、気持は落ち着いていた。松崎の有罪が決まっても、私は狼狽《ろうばい》しないだろうと思った。困るのは、ただ、スターを失った後のプロダクションの経営だけだった。急いで、松崎に代るスターを育てあげなければならない。

冴子は、警察に行って、担当の刑事に会った。痩《や》せた中年の刑事は、証拠の麻薬の包を見せてくれた。

「証拠が上がった以上、釈放するわけにはいかんのです」

と、刑事は、冷たい口調でいった。かなり心証を害している様子が見えた。松崎の態度のせいかも知れないし、芸能界とヤクザとの腐れ縁が云々《うんぬん》されている時期のせいかも知れない。

「でも、どうして、松崎が薬を持っていると判《わか》ったんですの?」

「投書があったのですよ」

「密告ですわね?」

「ええ。まあ」

「見せて頂けません?」

「駄目ですな」

刑事は、素っ気なくいった。

「だが、これだけはお教えしましょう。手紙は、福岡市内で出されたもので、差出人の名前はありません」

「松崎は、どういっています？」

「憶《おぼ》えがないといっています。誰かが、自分を陥《おとしい》れるために、洋服のポケットに薬を入れておいたんだとね。裁判になれば、はっきりするでしょうがね」

「裁判？　起訴されるんですか？」

「我々は、起訴に持って行くつもりですよ」

刑事は、相変らず冷たい口調でいった。

「最近、芸能界と麻薬との関係が、いろいろと噂されている時ですからね。これを機会に徹底的にやるつもりでいます」

「――――」

冴子は、黙って、刑事の細い眼を見ていた。この分では、松崎にも会わせないだろうと思った。冴子にとっても、その方が気が軽い。後は、弁護士に委《まか》せてしまった方が、良さそうだった。

（松崎は、もう駄目だ）

と、冴子は、改めて、自分にいい聞かせた。

（東京に戻ったら、一刻も早く、新しいスターを育て上げなければ――）

警察を出た時、冴子の頭には、それだけしかなくなっていた。

4

東京に戻ると、冴子は、すぐ、中島を訪ねた。彼は、新聞で、松崎のことを知っていた。

「大変なことになったね」

と、同情するようにいうと、冴子は、普段の表情で、「松崎は、もう駄目」と、確認するようにいった。

「だから、彼に代る新しいスターを育てたいの。それで——」

「候補者はいるの?」

「井田瑛一」

と、冴子は、いった。

「彼のために、売れそうな曲を作って欲しいんだけれど」

「あの子をね」

中島の顔に、軽い当惑の色が浮かぶのを、冴子は見た。この作曲家は、まだ、妙な偏見を瑛一に対して持っているらしい。冴子には、それが滑稽《こっけい》に思えた。あの少年のどこが危険なのだろうか。

「あの子、素質がないかしら?」

「いや、あるだろうね」

「それなら、お願いします。いいでしょう」

「君に頼まれたら、断われないが――」

中島は、苦笑してから、急に改まった表情になって、

「松崎のことだが、本当に、新聞にあった通りなのかね?」

「ええ。警察は、そういってましたけど」

「僕は、何となく、新聞の記事が信用できなかった。松崎は、確かに単純で、自惚《うぬぼ》れ屋だが、小心な男だよ。スターの地位を守るのに汲々《きゅうきゅう》としていた。他人に対して傲慢な態度をとっていたのは、一種の防衛本能みたいなものだと、僕は見ていた。そんな人間が、危険な麻薬に手を出すだろうか?」

「じゃあ先生は、松崎が、誰かに罠《わな》に落されたと?」

「その可能性はあると思うね」

中島は、確信ありげにいう。冴子は、黙って考え込んだ。この世界での足の引っ張りあ

いは日常茶飯事《さはんじ》といってもいい。だが、そうした暗闘は、普通のサラリーマンの世界にもあるものではなかろうか。中島の推測が正しいとしても、松崎が、もう駄目なことに変りはない。

「先生は、誰が、松崎を?」

「最初は、君かと思った」

「私《わたくし》?」

冴子は、驚いて、中島の顔を見た。冗談と思ったが、中島の顔は、意外に真面目《まじめ》だった。

「君は、松崎を憎んでいたようだからね。同行した大野文子にでも命令して、やらせたのかと思った。だが、君の顔を見たら、違うことが判ったよ。君は、自分を誤魔化《ごまか》せない人だからね。そんなことをしていれば、すぐ顔に出る」

「松崎を軽蔑《けいべつ》してたのは本当ですけど、私じゃありません。そんな馬鹿らしいこと——」

「あの子かも知れないいな」

「あの子? 井田瑛一?」

「ああ」

「まさか」

と、冴子は笑った。が、中島は、笑わなかった。むしろ、暗い眼になって、

「僕の勘ぐりだといいがね」

「あの子が、そんなことをするもんですか」

冴子は、自分でも判らずに、気負った声になって、いった。

「あの子の眼を見れば判るわ。一寸《ちょっと》も曇ってないし、暗くもないわ。先生は、妙な先入観で、あの子を見ているから――」

「そうならいいが」

中島は、相変らず、固い声で、いった。

「気になるんでね」

「あの子のことが？」

「いや、君のことさ」

「私の何が？」

「どうやら、君は、あの子に好感を持っているようだな」

「ええ。いい子ですもの」

「それが、愛情にまで進まないようにすることだね。君が傷つくことになるかも知れんから」

「――」

冴子は、黙って笑って見せた。そんなことになる筈《はず》がないと思ったからである。井田瑛一が、中島のいうような危険な人間には見えなかったし、第一、冴子の眼に映る瑛一は、まだ子供だった。

5

ともかく、中島に作曲の件を承諾させて、事務所に戻ると、冴子は、すぐ、瑛一にそのことを伝えた。彼の顔が明るく輝いた。

「あとで、中島先生のところへ、お礼に行ってらっしゃい」

と、冴子は、いってから、中島の言葉を思い出した。

「あんたは、今度の事件を、どう思っているの？」

と、瑛一の眼を見ながら訊いてみた。瑛一は、首をかしげて、

「判りません」と、いった。

「松崎が、本当に麻薬に手を出してたと思う？」

「松崎先生は、いい人です」

瑛一は、大きな眼を冴子に向けて、いった。

「悪いことをする人には思えません」

「判ったわ」

と、冴子はいい、それだけで、質問を止めてしまった。訊く必要のないことだったという気がした。どう考えても、冴子には、中島の考えが、つまらない妄想にしか思えなかった。

中島の作曲してくれた「暗い愛」が、瑛一の持ち唄《うた》になった。冴子は、盛り場の音楽喫茶に瑛一を出させて貰《もら》い、そこで、この唄を歌わせた。冴子の計算した通り、瑛一の人気は、徐々に上がって行った。

その間に、冴子は、弁護士と一緒に、未決監《みけつかん》にいる松崎に会いに行った。気の重いことだが、自分のところの歌手では、足を運ばないわけにはいかなかった。松崎は、みじめなほど、卑屈な眼で、冴子を迎えた。

「僕を助けて下さい」

と、松崎は、いった。それは、丁度《ちょうど》、彼が初めて冴子のところに来た時と同じセリフだった。

「僕は無実なんです。誰かが、僕の人気をねたんで罠にかけたんだ」

「裁判で、それが証明できるといいけど」

冴子は、冷たい口調でいった。卑屈になった松崎に、冴子は、怒りは消えたが、軽蔑は前よりも深くなっているのを感じた。

「無罪になったら、今までのように、歌えるんでしょうね?」

松崎が蒼《あお》い顔で訊いた。冴子は、「大丈夫よ」と、いったが、その言葉の嘘は、彼女自身が一番よく知っていたし、松崎だって判っている筈だった。既にレコードの売行きは、ぱったり止まっている。裁判の結果無罪になったところで、どこの物好きが、暗い過去を持った男を、スターとして遇するだろうか。

弁護士だけを残して、冴子は、先に拘置《こうち》所を出た。駅に向って、歩いていると、急に車の止まる音がして、「社長」と、声をかけられた。小型のライトバンが止まっていて、運転席から、陽《ひ》に焼けた若い男が、首を出して、冴子に向って微笑している。松崎の付け人だった、堀上健次だった。あの頃は、蒼白い顔をしていたが、今は、健康そうな顔色だった。車体に、「太陽電機」と書いてあるところをみると、そこで働いているのか。

「乗りませんか?」

と、健次は、笑顔で、いった。冴子が助手席に乗ると、健次は、駅に向って、車を走らせながら、

「あのこと、もう気にしてませんよ」

と、いった。冴子は、咄嗟に何のことか見当がつかなかった。

「あのことって、松崎のこと？」

「違いますよ。社長が、僕についていったことです」

「あなたのこと、何かいったかしら？」

「いやだな」

と、健次は、笑った。

「僕のこと、才能がないから、早く他の仕事についた方がいいって、いったでしょう？」

「私が？」

「井田瑛一が、僕に教えてくれたんですよ。だから、僕、松崎さんの付け人を辞めたんです。あの時は、社長を、いやな人だと思いましたが、今じゃ、何とも思ってやしませんよ。車の運転の方が、僕の性《しょう》に合っていると思ってるくらいです」

「あの子が――」

冴子は、ぼんやりした声で、呟《つぶや》いた。いきなり頭を殴られたような気がした。健次が言葉をつづけて、「松崎さんのこと、新聞で読みましたよ」といったが、その言葉は、彼女の耳を素通りしてしまった。

事務所に戻ると、冴子は、すぐに瑛一を呼んだ。

「あなたは、健ちゃんのことで、嘘をついたわね？」

と、冴子が、強い口調でいうと、瑛一は、「えっ？」と、邪気のない眼で、訊き返した。

「何のことですか？」

「今日、彼に会ったのよ」

冴子は、堀上健次の言葉を、ゆっくりと喋《しゃべ》った。瑛一は、黙って聞いていたが、その顔には、狼狽《ろうばい》も当惑の色も浮かばなかった。相変らず、明るい眼で、冴子を見ていた。

「どう？　彼のいう通りなの？」

冴子は、瑛一の顔を覗《のぞ》き込んだ。当然、否定するだろうと思ったのだが、彼は、「ええ」と、簡単に頷《うなず》いた。

「堀上さんは、この世界に向いていないんです。でも、僕なんかが忠告したって聞く筈がないから、社長が、いってたって、嘘をついたんです」

「あなたには、他人《ひと》の才能のあるなしが判るの？」

冴子は、皮肉を籠《こ》めて訊いたが、瑛一は、影のない微笑で彼女の言葉を受け止めてしまった。

「だって、岡目八目《おかめはちもく》っていうでしょう？」

「松崎の付け人になりたかったから、健ちゃんを追い出したんじゃないの？」

「違いますよ。そんなふうにとられたら、僕は困ります」

瑛一は、顔を赧《あか》くして、いった。曇りのない眼を見ていると、その言葉を信じたくなる。今までの冴子なら、無条件に信じてしまっただろうが、今日は、素直に、この少年を見られなくなっていた。疑惑は、一度生まれるとなかなか消えないし、深く広がって行くものである。

(九州での事件にも、瑛一が、関係しているのではあるまいか？)

ふと、新しい疑惑が、冴子の心を捕えた。疑惑が疑惑を呼ぶというのかも知れない。瑛一が、松崎を蹴落《けおと》すために、彼の上衣《うわぎ》のポケットに、麻薬を入れておいて、警察に密告の手紙を出したのではあるまいか。

冴子は、瑛一の顔を見る。いささかの暗さもない無邪気な顔がそこにある。冴子は当惑し、自分の考えに、自分が怯《おび》えてしまった。疑惑が何処《どこ》まで深くなるか、自分でも判らなくなったからである。

「もういいわ」

と、冴子は、乾いた声でいった。

6

瑛一の人気は、徐々に上がってきた。ファンレターも、来るようになったが、その殆《ほとん》どが「明るく、可愛《かわい》らしいところが好き」といった文章だった。それを読む度に、冴子は、奇妙ないらだたしさを感じた。誰か一人でもいい。瑛一のことを、腹黒い、どうしようもない青年だときめつけるような手紙をくれたら、冴子は安心し、瑛一を平気な眼で見られるようになれたかも知れない。だがどの手紙にも、「明るい」「可愛らしい」の言葉しかなかった。事務員の大野文子も知り合いのバンドマンも、瑛一を、従順で、明朗《めいろう》な子だという。そうした言葉が、周囲で囁《ささや》かれる度に、冴子は、わけのわからない心の重さを感じた。それは、自分だけが、瑛一の正体を覗《のぞ》き見ているという心の負担かも知れなかった。しかも、冴子は、自分が覗き見た瑛一の姿に、確信が持てないのだ。どちらかに決められたら気持が休まると思うのだが、冴子には、それが出来ない。ひとりで考えている時、瑛一が薄気味の悪い悪者に思える。しかし、邪気のない彼の顔を見ると、自分のつまらない妄想に思えてくるのだ。そして、確信の持てないことが、冴子を、一層不安にした。自分を、理性的な女だと考えていた冴子にとって、この不安は、自信の喪失にもつながっていた。

（この私が）

と、ひとりの時、冴子は、苦い笑い方をした。

（まだ子供みたいな男一人のことで、迷ったり、怯えたりしている――）

そうした冴子の感情とは別に、瑛一は、「明るさ」と「可愛らしさ」で、売り出していった。テレビにも出るようになった。青葉プロダクションも、どうやら松崎浩に代るスターを持てそうであった。

自然に、地方巡業の話も持ち込まれてきたが、瑛一が、北海道に出かけた留守に、一人の男が、冴子のプロダクションを訪ねてきた。ゴム草履《ぞうり》にサングラスという恰好《かっこう》は、一見して、街のチンピラと判ったが、サングラスを取った顔は、意外に子供っぽかった。年齢も瑛一と大差はないようだった。

「社長さんに、買って貰いたいものがあるんだ」

と男がいった。冴子は、その言葉で思わず、くすっと笑ってしまった。何処かで見た映画のセリフと同じだったからである。

「何を？」

「話さ」

と、男は、むっとした顔でいった。

「面白い話があるんで、買って貰いたいんだ」

「話によっては、買ってもいいけど」

「井田瑛一のことさ。俺《おれ》は、あいつに頼まれて、麻薬《クスリ》を世話してやったことがあるんだ。奴《やつ》は、何に使うのかいわなかったが、すぐ、九州で妙な事件が起きたんで、ぴーんと来たよ」

「――――」

冴子は、黙って、男の顔を見ていた。背筋を冷たいものが走るのを感じた。やはりと思うと、自然に口元が歪《ゆが》んだ。

「奴は、今はスターだ。だが俺が、薬の一件を警察にバラしたら、すぐに刑務所行だな。社長さん、あんたも、稼ぎのいいスターを失うわけだ」

「いくら？」

「あんたは、物わかりがいい」

男は、にやっと、黄色い歯を見せた。

「五十万。高くはない筈だぜ」

「今はないわ」

冴子は、固い声でいった。

「お金が出来たら連絡するから、貴方《あなた》の名前を教えて頂戴《ちょうだい》」

「竹山五郎《たけやまごろう》だ」

と、男は、いった。「そういえば、奴も思い出す筈さ」

「訊いてみるわ」

と、冴子は、いった。

四日後に、瑛一は、北海道の巡業から帰ってきた。事務所に顔を出すと、眼を輝かして、今度の巡業の素晴らしかったことをいい、同行した大野文子も、にこにこ笑いながら、「瑛ちゃんは、もうスターになってますよ」と、冴子にいった。

「よかったわね」

冴子は、瑛一に微笑して見せた。

「お祝いをしたいから、私のマンションにいらっしゃい」

「感激だなあ」

瑛一は、眼を大きくしていった。そこに、何の影も、冴子は見ることが出来なかった。

冴子は、自分の車に瑛一を乗せて、麻布《あざぶ》のマンションに連れて行った。

「貴方に訊きたいことがあるの」

部屋に通してから、冴子は、強い眼で、瑛一を見た。瑛一は、子供がやるように、小首をかしげて、冴子を見た。

「何ですか」

「竹山五郎という男を知っているわね?」

「――――」

すぐに答はなく、瑛一は、くるりと後を向くと、窓際まで歩いて行った。だが、ゆっくり振り向いた時、彼の顔は、笑っていた。そこには、冴子が予期した狼狽も、居直るような固さもなかった。

「彼、来たんですか」と、笑いながらいう。

「それで、やっぱり、金を呉《く》れっていってましたか?」

「五十万ね」

「へえ。吹っかけたもんだな」

瑛一は、首をすくめて見せた。

「僕がいたら、十万くらいに値切ってやるんだが」

「本当なのね?」

冴子は、重い口調でいった。

「貴方が、松崎の上衣《うわぎ》に、麻薬を入れたのね。そして、警察に密告したのね？」

「仕方がなかったんですよ」

瑛一は、また首をすくめた。

「仕方がない？」

「ええ」

瑛一は、頷《うなず》くと、ゆっくり、冴子に近づいてきて、彼女の顔を覗き込むように見た。

「それに、社長は、松崎さんを憎んでたんでしょう？　僕には判ってましたよ。だから、貴女《あなた》のためにも、松崎さんを追っ払った方がいいと思ったんですよ。僕のためにも、貴女のためにも、こうなって良かったんですよ。そうじゃありませんか？」

いきなり肩を抱かれて、唇を押しつけられた。冴子は、反射的に、手を振り上げて、瑛一の頬《ほお》を叩《たた》いた。ぴしゃッと乾いた音がして、瑛一の顔が離れた。

瑛一は、きょとんとした顔で、冴子を見ている。何故《なぜ》叩かれたのか判らないといった顔だった。

冴子の顔が歪んだ。

（この子は、どうかしている――）

7

冴子は、重い心のしこりを抱いて中島に会った。

「先生はいつか、井田瑛一のことで、私に忠告して下さったわね」

冴子は、中島の顔をまっすぐに見ていった。中島は、パイプを弄《もてあそ》びながら、「ああ」と頷いた。

「何かあったのかね?」

「ええ。まあ」

冴子は、曖昧《あいまい》ないい方をした。まだ、全《すべ》てを中島に打ちあける気にはなれなかったし、瑛一のことは、自分で解決したいというプライドのようなものがあった。

「それで、先生にお訊きしたいことがあるの」

「何をだね?」

「先生が知っているという女のこと。あの時、井田瑛一と同じような人間を知っていると、先生はおっしゃったわ」

「そうだったね」

パイプを弄んでいた中島の手が、ふと止まった。彼にとって明るい思い出ではないらしい。

「話して頂きたいわ」

と、冴子は、いった。中島は、黙ってパイプに火を点《つ》けた。紫煙がゆっくりと流れた。

中島は、それを目で追いながら「忘れたいことなんだが、忘れられずに困っている」といった。

「十年も前の話だ。僕に、好きな女性がいた。明るくて、無邪気で、可愛らしい娘だった」

「井田瑛一のように？」

「うむ。僕は、彼女に惚《ほ》れた。彼女の明るさ、可愛らしさにね。だが、そのうちに、彼女が判らなくなってきたんだ。僕の他にも、彼女に惚れていた男がいたんだが、そいつが自殺した。普通なら、女は心を痛める筈だよ。だが、彼女の明るさや可愛らしさに、何の変化もないのだ。影がないんだ。心が傷つかないんだ。僕は、どう考えていいのか判らなくなった」

「――――」

「そのうちに、彼女のことで、いろいろと悪い噂を聞くようになった。だが、彼女と一緒にいると、その噂が全部嘘に思えるのだ。彼女の顔には、全然、暗さというものがなかったからだ。過去が暗ければ、それは必ず顔に現われる筈だと、僕は思っていた。ところが彼女は違っていたんだ。君は、オスカー・ワイルドの『ドリアン・グレイの肖像』という小説を読んだことがあるかね？」

「ええ。学生の時に」

「あれと同じなのだ。ドリアン・グレイは、どんな破廉恥《はれんち》な行動をし、年をとっても、顔はいつも美しく輝いている。彼の代りに、肖像画の彼が年をとり、醜くなっていく。こんな筋だったが、彼女は、僕に、この小説を思い出させたんだ。彼女は、いつも、明るく可愛らしい。何故だろうかと考えて、僕は、一つのことに思い当った。彼女には、倫理観というものがないのだとね。だから、彼女の心が傷つくことがないのだとね」

中島は、冴子が初めて見る暗い眼になって、彼女を見た。

「僕は、彼女が怖くなって、離れた。だが、苦しんだよ。今でも、彼女のことが忘れられないくらいだからね」

「今は、どうしているんです？　その女《ひと》」

「死んだ」

中島は、ぼそっとした声でいった。

「殺されたんだ」

「何故？」

「ある男の心を傷つけたからさ。だが、彼女は、何故自分が殺されるのか、判らなかったろうと思う。彼女には、自分の行為で他人が傷つくことが判らないんだ。判らないというより、考えてみようとしなかったんだな。それが、他人を傷つけると同時に、彼女の命取りにもなった――」

中島の眼が、遠くを見るように鈍くなった。その女を殺したのは、中島自身ではないのか。冴子は、ふとそんなことを考え、あわてて瑛一のことに考えを移した。彼女に頰《ほお》を叩《たた》かれて、きょとんとしていた瑛一の顔が思い出された。あの時のやり切れない違和感。あれは何だったのか。彼女が倫理的な眼で瑛一を見ていたのに、彼には、倫理観が欠けていた。そのためだろうか。

翌日、冴子は、新聞の片隅に、見覚えのある男の顔写真を見つけた。事務所に押しかけてきた男だった。新聞には、酔って川に落ち、溺死《できし》したと書いてあった。だが――

（瑛一が、突き落したのではないだろうか？）

8

瑛一の顔は、相変らず、明るく邪気がなかった。殺人者の暗さなど、何処にも見られない。だが、冴子は、疑惑を捨てられなかった。

(どうしたらいいのだろうか?)

冴子は、悩んだ。瑛一は、あの男を殺したに違いない。だが、警察は信じまい。彼の影のない顔を見たら、冴子を狂人扱いにするだけだろう。

松崎のこともある。彼は無罪だ。だが、証人の男が死んでしまった今、冴子には、松崎を助ける方法はない。しかも全《すべ》てを知っているのは、自分だけなのだ。そのことが、彼女の心を重苦しいものにした。

何とかしなければならない。そして、それが出来るのは、冴子しかいない。

だが、何をしたらいいのか。

(決心しなければ――)

冴子は、もう一度、瑛一を、自分のマンションに呼んだ。

「貴方《あなた》のレコードが、ベストセラーになったお祝いをしたいのよ」

と、冴子は、笑顔を見せて、いった。

「シャンパンで、乾杯しましょう」

「いいですね」

瑛一は、にこにこ笑った。彼は、嬉しそうだった。彼はいつか、松崎浩のことを、現代の英雄《ヒーロー》といった。今、瑛一自身が、現代の英雄になっている。

少なくとも、彼は、その気なのだろう。

「グラスを持って来て頂戴《ちょうだい》」

と、冴子がいうと、瑛一は、いそいそと、台所に飛んで行った。

二つのグラスに、シャンパンが注《つ》がれた。

「つまむものがないわね」

冴子は、周章《あわ》てたようにいった。

「冷蔵庫に何かあったかしら」

「僕が見て来ます」

瑛一は、もう一度台所に入ると、暫《しばら》くして、皿にチーズを切って持ってきた。

二人は、グラスを手に取って、「乾杯」と、いった。

冴子は、一口飲んで、グラスをテーブルに置いた。瑛一は、まだ、グラスに口をつけていなかった。

「早くお飲みなさいな」

と、冴子がいうと、瑛一は、急に、彼女の顔を覗き込むような眼付きをした。

「今、変な味がしませんでしたか?」

瑛一が、微笑しながら、いった。

「え?」

冴子の顔に、狼狽《ろうばい》が走った。そういわれれば、シャンパンが、少し苦かったが――

「僕、毒を入れたんです」

「――?」

「グラスを運んでくる時、社長のグラスに、青酸をくっつけておいたんです」

急に、冴子は、のどに焼けるような痛みを感じた。

「何故、そんなことを?」

「仕方がなかったんです」

瑛一は、じっと、冴子を見つめたまま、いった。いつも、この子は、同じことをいう。

「社長がいると、僕、安心していられないんです」

「こんなことをしたって、警察が――」

「社長は、心臓が悪いんでしょう？　僕、調べたんです。だから、心臓麻痺《まひ》で死んだと思ってくれるし、僕がいえば、みんな信じてくれますよ」

「――――」

冴子は、遠くなる意識の中で、微笑している瑛一の顔を見た。

（そうだ。この子の言葉なら、みんな信じるだろう。みんな――）

ふいに、鈍い音がして、冴子の身体《からだ》が床に倒れた。瑛一は、屈《かが》んで覗き込んだが、冴子の息は、もうなかった。

瑛一は、立ち上がると、一寸《ちょっと》首をすくめた。

「やれやれ」

と、呟いてから、自分のグラスに手を伸ばして、シャンパンを、口に流し込んだ。

「乾杯」

笑いながら、いったが、その笑いが、ふいに凍りついてしまった。

のどが、焼けるように痛む。胸が苦しい。

瑛一は、驚愕《きょうがく》の眼で、倒れている冴子を見た。彼には、信じられなかったのだ。

「社長が、僕を、殺すほど憎んでいたなんて――」

自分のことしか考えたことのなかった瑛一が、初めて、他人の心の動きを考えたのだが、遅すぎたようだった。

瑛一の呟きは、途中で消えた。

ある男の肖像

1

沢木信介《さわきしんすけ》の死は、その異常さにも拘《かか》わらず、テレビ、新聞の扱いには、何処《どこ》か遠慮がちなところがあった。恐らく、沢木が、Sテレビの社長であり、新聞社にも関係があるためなのだろう。

六月末の蒸し暑い日であった。三日間、じめじめと降り続いた雨が止《や》んで、久しぶりに青空が顔を覗《のぞ》かせた。その日の夜、沢木は、Sテレビのビルの屋上から、墜死《ついし》したのである。彼が落ちた地面は、まだ、雨の名残《なごり》を見せて黒く濡《ぬ》れていた。

テレビや新聞は、曖昧《あいまい》な書き方をしたが、沢木の死には、様々な噂《うわさ》が流れた。自殺或《ある》いは事故死の声もあり、Sテレビ内部の複雑な人事問題から、他殺の推測を下すものもあった。勿論《もちろん》、警察も、死因究明のために調査に乗り出したが、遺書もなく、さればといって、他殺の確証も摑《つか》むことが出来ず、三日後に、事故死と断定して、調査を打ち切った。

この間、報道関係の多くが、意識的に、事故死を匂《にお》わせる書き方をしたのは、それが、一番故人を傷つけることが少ないと、考えたからだろうし、結果的に、その報道が正しかったことになった。

沢木の葬儀は、盛大だった。参会者は二千人を超え、政界、財界、マスコミ関係者と範囲も広く、生前の沢木の交際の豊かさを示していた。多少の皮肉を籠《こ》めてだが、沢木が、「マスコミの帝王」と呼ばれていたことが納得できる華《はな》やかな葬儀だった。

その後、Sテレビの庭に、沢木の胸像を建てるという話が起き、また彼が関係していた中央タイムスから、伝記が出版されることに決まったのも、「帝王」に対する追悼《ついとう》の意味であろうし、沢木の死後も、彼の影響力が、マスコミの世界に強く残っていることの証拠であるかも知れなかった。

2

「どうだい？　うちでも、沢木信介の伝記を出そうじゃないか」

田代《たしろ》に、そういわれた時、古賀《こが》は、きょとんとした顔になって、「えっ？」と、訊《き》きかえした。田代のいう意味が、よく判《わか》らなかったのだ。

田代は、にやっと笑った。笑うと、意外に若い顔になるのだが、滅多《めった》に笑顔を見せたことはない。

「そんな不思議そうな顔をすることはないだろう。我々だってマスコミの世界にいるんだから、大先輩に敬意を表して、伝記を出版したって悪くはあるまい?」

「そりゃあ、そうですが――」

古賀は、苦笑して、しみだらけの壁に眼をやった。確かに、田代も自分も、マスコミの世界の人間といえないことはない。「世界経済旬報社」という立派な看板を出しているのだから。しかし、立派なのは、その名前だけで、社長の田代の下には、古賀と、矢崎京子《やざききょうこ》というオールドミスの二人しかいない。寄生虫のような業界紙の一つにしか過ぎないし、「旬報」と名乗っているくせに、ぺらぺらの世界経済旬報だって、一月に一回出たり出なかったりである。だから、沢木信介の伝記を出そうじゃないかという田代の言葉は、古賀には、冗談としか聞こえなかった。同じマスコミ関係といっても、沢木信介は、あまりにも遠い存在であったし、故人になったことで、その距離が縮《ちぢ》まったわけでもない。

「すぐ、この仕事にかかって貰《もら》おうか」

田代が、笑いを消した顔でいった。古賀は、まだ戸惑った顔で、「冗談じゃなかったんですか?」と、いった。

「やるといったら、やる」

田代の声に、厳しさが加わったような感じだった。

「しかし、何故《なぜ》、うちで、沢木信介の伝記なんか出すんです? 彼の伝記は、中央タイムスで出すことに決まっているし、うちで出したって、売れやしませんよ」

「うちでは、本当の伝記を出すのさ」

「本当の？」

「そうだ。中央タイムスで出す伝記は、どうせ、沢木信介に対するお追従《ついしよう》で埋まっているに決まっている。活字で、彼の銅像を作ろうというわけさ。彼が死んだ時の報道を見れば、判ることだ。彼の欠点や、傷には、なるべく触れないような書き方をするだろう。だから、我々で、本当の沢木信介像を書いてやろうというわけさ。大袈裟《おおげさ》にいえば、マスコミの帝王に対決しようというわけだ」

「…………」

「怖いのか？」

「怖くはありませんが、そんなことをして、どうするんです？」

「一寸《ちよつと》、やってみたくなっただけさ。いけないかね？」

「そうはいいませんが――」

「それなら、すぐ、沢木信介のことを調べてくれ」

田代は、古賀の顔を睨《にら》むように見た。いつもとは何処《どこ》か違った顔であった。

「沢木の公人としての面は、調べなくてもよい」

と、田代は、抑《おさ》えたような声で、いった。

「そんなものは、紳士録の頁《ページ》をめくれば、出ていることだ。私の知りたいのは、私的な面の方だ。特に、沢木の異常な死に方には、興味がある。そこに、重点を置いて、調べて欲しい。ユニークな伝記が出来るぜ」

古賀は、せき立てられるように、部屋を出た。狭い階段を降りながら、まだ、首をかしげていた。何故、田代が、沢木信介の伝記を出す気になったのか、田代の説明だけでは、はっきりしなかったからである。

ビルの外に出たところで、古賀は、出勤してきた矢崎京子に会った。男好きのする女だが、古賀は、田代の女に違いないと考えていたから、手を出したことはなかった。「何処へ?」と訊かれて、「仕事さ」と、おうむ返しに答えてから、古賀は、足を止めて、京子の顔を見た。

「君は、沢木信介を知っているかい?」

「沢木って、この間死んだ人でしょう?　新聞で見たから知っているわ」

「僕のいうのは、個人的にということだ」

「あたしが、あんなお偉い人を知ってるわけがないじゃないの」

「社長はどうだろう?」

「さあ、知らないわ」

京子は、首をかしげて見せた。「社長がどうかしたの?」

「いや、知らなきゃいいんだ」古賀は、曖昧《あいまい》にいって、京子に背中を向けた。

3

田代は、沢木の公的な面には、興味がないといったが、実際問題としても、紳士録に出ている以上のことを知るのは、難しかった。Sテレビの幹部や、中央タイムスの上層部の人間が、小さな業界紙の記者にしか過ぎない古賀に、会ってくれる筈がなかった。また、私人としての面を調べるといっても、沢木の遺族に簡単には会えまい。古賀は、Sテレビの前まで来て、当惑してしまった。相手が、大きすぎるのだ。今まで相手にしてきた中小企業者のようにはいかなかった。

成城《せいじょう》にある沢木の家に廻《まわ》ってみた。帝王にふさわしい宏壮な邸《やしき》である。しかし、正面に廻ってみても、予期していたような人の出入りは見られず、重い扉は、ひっそりと閉ざされていた。念の為に、門柱に取り付けてあるインターホンのボタンを押してみたが、何の反応もなかった。まるで、無人の邸のように、物音一つしない。古賀は、近くにあった電話ボックスに入って、沢木邸のダイヤルを廻してみた。鳴っているのだが、相手はなかなか出ない。暫《しばら》く待たされてから、ひどく事務的な男の声が聞こえた。古賀は、「中央タイムスの者ですが」と、いってから、沢木の遺族を、電話口に出して貰えないかと頼んだ。「皆さん、旅行にお出かけです」と、相手は、相変らず、素っ気ない調子でいった。何処へと訊《き》いたが、教えられないという返事が戻ってきた。そのあとで、相手は、「中央タイムスのどなたですか?」と訊いた。「私も、中央タイムスに関係しているのですが」

古賀は、出鱈目《でたらめ》な名前をいって、電話を切った。男のいった旅行が、本当かどうか判らなかったが、成城の邸にいないことだけは、確かなようだった。別荘にでも行ったのか、それとも悲しみをまぎらわすために、外国旅行にでも出かけたのか。とにかく、簡単に会うことが出来ないことだけは、確かだった。東京にいたとしても、先刻電話口に出た男のようなボディガードが、何人もいて、古賀を近づけはしまい。

古賀は、電話ボックスを出たところで、暫く考えてから、警視庁に廻ってみることにした。沢木信介の異常な死について、警察の捜査は終り、事故死の結論は出ていたが、捜査の過程が全て公表されたわけではない。何か、面白いニュースがあったとしても、それが、故人を傷つける話である限り、警察は公表しなかったに違いないし、新聞も発表を控えたに違いない。勿論、中央タイムスで刊行する沢木の伝記にも、載る筈がなかった。

（田代が知りたいのは、そんな話なのだろう）

と、古賀は思う。ひょっとすると、田代は、伝記を出すという名目で、古賀に、沢木信介の陰の部分を調べさせ、それをタネに、故人に関係する人たちから、金をせしめるつもりかも知れない。

（だが、危険だな）

と、思った。相手が大物すぎるからだ。下手《へた》をすれば、逆に叩《たた》き潰《つぶ》されかねない。用心深い――というより、万事に、余り熱がないように見えた田代が、今度に限って、いやに熱っぽいと、古賀は、まだ、田代の真意を摑《つか》みかねていた。

警察でも、古賀は、厚い壁に、はね返されてしまった。弱みの多い中小企業者には、或《あ》る程度威力のある「世界経済旬報記者」の名刺も、警察では、何の力にもならない。何とか、二、三人の刑事に会うことが出来たが、あの事件は、もう終ったことだよの一点張りで、取りつく島がなかった。当然の成り行きだったが、古賀は、がっかりして、警察を出た。

午後の西陽《にしび》が、猛烈に暑い。改めて、三流業界紙の社員の惨《みじ》めさを思い知らされた感じで、古賀は、眉《まゆ》をしかめながら、首筋に噴き出す汗を拭《ぬぐ》った。田代は、簡単に資料が集まりそうなことをいったが、この分では、沢木信介の伝記など、何か月かかっても、出版できないだろう。

古賀が、社に戻って、田代に報告すると、別に怒った顔も見せず、かえって、愉快そうに、にやにや笑い出した。

「そんなところだろうと思ったよ」

と、田代は、いった。

「簡単にいくとは、最初から考えていなかったからね」

「沢木信介の件は、止《や》めた方がいいんじゃないですか？　相手が大き過ぎますよ」

「馬鹿な」

と、田代は、大きな声を出した。滅多《めった》に笑顔を見せない男だったが、同時に、怒鳴ることも少なかった。古賀は、怒られたことよりも、田代が怒ったこと自体に驚いて、相手の顔を見直した。

「絶対に、沢木信介の伝記を出すんだ」

と、田代は、いった。古賀は、こんなに真剣な眼をした田代を見たことがない。いつもの田代は、寄生虫のような自分の仕事を、恥じるような、陰鬱《いんうつ》な眼しか見せたことがなかった。

「しかし、沢木の遺族は、何処にいるのか判らないし――」

「かくしたのさ」

と、田代は、宙を睨むようにして、いった。

「沢木信介の名誉を守るために、遺族を誰にも会わせない方がいいと考えたんだろう。恐らく、未亡人と娘は、海外旅行にでも出かけたんだろう」

「だとしたら、どうやって、沢木の私的な面を調べるんです」

「どうやってでも調べるんだ。いいか。故人の取り巻きが、遺族をかくしたということは、彼の死に、暗い影のあることの証拠だとは思わないかね。暗い面が一つもなければ、遺族は誰にでも、堂々と会う筈だ。だから、沢木の死には、何か曰《いわ》くがあるのだ」

「しかし、警察も、何も喋《しゃべ》ってくれませんよ」

「この男に会えば、何か教えてくれるかも知れん」

田代は、内ポケットから、一枚の名刺を取り出して、古賀の前に放《ほう》って寄越した。何の肩書きもない名刺に、「山内英夫《やまうちひでお》」の名前と自宅の住所が刷ってあった。

「誰ですか?」

古賀が訊くと、田代は、煙草を取り出しながら「捜査一課の刑事だった男だ」と、いった。

「沢木信介の死が警察で問題になった時その刑事だけが、他殺説を主張したんだ。結局、事故死ということで、彼の主張は、間違いということになったんだが」

「それで、馘《くび》になったんですか?」

「まさか、意見が違っただけで馘にはならん。山内というのは昔気質《むかしかたぎ》の男でね。事故死説には、どうしても納得できないといって、自分から警察を辞めてしまったのだ。彼なら、何か教えてくれるだろう」

4

その家は、細い路地を入った奥にあった。六軒長屋の一つで猫の額《ひたい》ほどの狭い庭に、主人が、丹精籠《こ》めて作ったものか、盆栽が並んでいる。古賀が、何となくその盆栽を見ていると、裏から、じょうろを手にした老人が現われた。古賀が、「山内さんですか?」と訊くと、老人は、そうだと頷《うなず》いた。頭髪の薄くなった小柄な老人だが、眼鏡の奥の眼が厳しいのは、刑事だったせいだろうか。古賀が、田代の名前をいうと、山内英夫は、じょうろを置いて、座敷へ上げてくれた。

六畳の部屋に、安物の机があって、その上に原稿用紙が載っていた。古賀の視線が、そこに行ったのを見て、山内は、照れたような顔になった。

「ある出版社から、捜査技術の実際というようなものを書いてみないかと、いわれているんですよ」

と、山内は、いった。そんなことで、生活の糧《かて》を得ていることが、恥ずかしいといった感じの喋り方だった。根っからの刑事ということなのだろうか。そのせいか、古賀が、沢木信介の名前を口にすると、山内の眼が、きらりと光った。

「私は、今でも、あの事件は他殺だと思っております」

と、山内は、いった。熱の籠《こも》ったいい方であった。誰かに、自分の考えを聞いて貰いたくて仕方がないといった調子で、老人は、声を大きくした。

「Sテレビの屋上の手摺《てす》りは、胸の高さまであるのです。誤って落ちるという所ではないのです」

「しかし、事故死という結論が出たわけでしょう?」

「他殺の証拠が出ませんでしたからね」

山内は、残念そうにいった。西陽《にしび》をよけるために下げたビニールのスダレが、老人の顔を蒼白《あおじろ》く染めていた。

「しかし、だからといって、他殺でないということにはならんと思うのです」

「山内さんは、犯人は誰だと思われたんですか?」

「私にも判りません」と、老人は、いった。

「最初は、Sテレビ内部の人間かと思ったんですが、そうではないようです」

「というと、沢木信介の個人的な問題が、死を招いたと考えられたわけですか？」

「まあ、そうです」

「沢木の家庭というのは、上手《うま》くいっていなかったんですか？」

「冷たい家庭だったことは、事実のようですね」

と、山内は、いった。

「私が調べた限りではそうです。娘さんは、アメリカに留学していたんですが、これは、父親の傍《そば》にいるのが嫌で、アメリカに行ったというのが真相のようです。奥さんとの間の夫婦関係も、何年か無くなっていたとも聞きました」

「それでは、妻君が殺したと？」

「いや、奥さんには、ちゃんとしたアリバイがあります。娘さんにも」

と、老人は、微笑した。古賀の早急な断定が滑稽《こっけい》だったのだろう。だが、女性関係が、沢木の死の原因ではないかという古賀の言葉は、否定しなかった。

「沢木信介に、女がいたというのは、確かなんですか？」

と、古賀が訊くと、老人は、「帝王にハーレムはつきものですからね」と、笑った。

「一人だけ判りましたが、この女にはアリバイがありました。銀座でバーをやっている女ですが」

「何というバーですか？」

「シャノアールという名前でした。確か、猫とかいう意味だそうですな」

「フランス語で、黒猫のことです。他に、女は？」

「調べているうちに、事故死ということに、決まってしまいましてね」

老人は、小さな溜息《ためいき》をついた。自分が捜査を続けていれば、きっと、犯人を見つけ出せたのだという口惜《くや》しさが、その吐息に籠っているようだった。

山内英夫の知っていることは、それで全部のようだった。古賀は、礼をいった後で、田代のことを訊いてみる気になった。

「田代さんとは、古いつき合いですよ」

と、山内は、微笑を見せて、いった。

「あの人が、中央タイムスの記者をしていた頃、いわゆる夜討ち朝駈《あさが》けで、ずい分悩まされたものです」

「社長が、中央タイムスに？」

「知らなかったのですか？」

老人は、不思議そうに、古賀の顔を覗《のぞ》き込んだ。不思議に思うのが当然なのだが、考えてみれば、古賀は、社長である田代について、殆《ほとん》ど知らないといって、よかった。

古賀は、二年前、電柱に貼《は》ってあった求人広告を見て、田代のところに応募した。それ以来の付き合いなのだが、田代について知ろうと努力したこともなかったし、知りたいと思ったこともなかった。さまざまの仕事を経たあとで、業界紙記者になったのだが、古賀のつもりでは、この仕事も一時の腰かけの気でいたし、誇りを持ってやれる仕事とも思っていなかったから、田代の存在は、給料をくれる人間以上のものではなかった。

田代のことが気になり、彼について知りたいと思ったのは、今度が初めてだった。その変化に、古賀自身驚き、微《かす》かな当惑さえ感じていた。

「社長が、何故、中央タイムスを辞めたか、ご存知ですか?」

古賀が訊くと、老人は、今までの饒舌《じょうぜつ》な調子を引っ込めて、「さあ」と、曖昧にいった。沢木信介の死以外には興味がないということなのか、田代のことは、本当に知らないのか、古賀にも判然としなかった。

5

古賀の報告を、田代は、眼を輝かせて聞いていたが、聞き終ると、「これで、大分資料が集まったな」と、いった。

「だが、まだまだだ。もっと、沢木信介を知りたい。彼の本当の姿をね」

「シャノアールのマダムに会って、話を聞いて来ましょうか？」

「そうだな。無駄だとは思うが、明日にでも行って貰おうか」

「無駄――ですか？」

「恐らく、沢木信介の名誉を守る会の連中が、手を廻しているだろうということさ。金を与えて、その女を、何処かへ隠れさせてしまっているに決まっている。普通の場合なら、女がいたことは、たいした傷じゃないが、沢木の場合は、死因が問題だからな」

「社長も、沢木信介が、誰かに殺されたと思っているんですか？」

「俺《おれ》は、事実を知りたいだけだ。他殺とも事故死とも決めつけてはいない」

田代は、乾いた声でいった。その声の調子が、田代の言葉を裏切っているように、古賀には聞こえた。田代も、あの老人と同じように、沢木信介の死を、他殺と信じているのではないのか。というより、他殺であって欲しいと思っているのではあるまいか。

翌日、古賀は銀座に出て、シャノアールという店を探した。店はすぐ見つかったが、マダムも、持主も替っていて、前から働いているというホステスに訊いても、マダムが何処に行ったかは知らないという返事しか戻って来なかった。彼女が、沢木信介と関係があったことも知らないようだった。古賀は、彼女の写真を手に入れただけで、社に戻った。

四谷《よつや》二丁目のビルに戻って、狭い階段を上がりかけると、矢崎京子が降りてくるのに、ぶつかった。「煙草かい?」と訊くと京子は、肩をすくめて、「お客が来て、追い出されたのよ」と笑った。

「大事なお客らしいわ」

「男? 女?」

「男。恰幅《かっぷく》のいい」

「誰かな?」

「知らないわ。それより、古賀さんに話があるんだけれど」

京子は、妙に真剣な眼になって、いった。古賀は頷いて、近くの喫茶店に誘った。話というのは、恐らく田代のことだろうと思ったが、その勘は当っていた。京子は「何があったの?」といった訊き方をした。

「社長の様子が、このところおかしいわ」

「僕にも判らないよ。社長のことは、君の方が、よく知っていると思ったんだが」

「あたしだって、判らないことがあるわ」

と、京子は、暗い眼をして見せた。そのいい方で、古賀は、やはり、この女と田代とは関係があったのだなと思った。

古賀は、京子の顔を見直した。この女のことも俺は、何も知らないのだと思った。知っているのは、三十歳に近いということと、阿佐ケ谷《あさがや》に近いアパートに住んでいるということだけである。

(この女と、田代の間には、本物の愛情が通じているのだろうか。それとも、遊びだけなのか)

京子の胸の薄さが、今日に限って、妙に痛々しく見えた。

「社長は、何故、沢木という人のことに、あんなに夢中になってるのかしら?」

京子が訊いた。古賀は、彼女の言葉に、当惑と、微《かす》かな嫉妬《しっと》の影を見たような気がした。ゴルフウイドウが、ゴルフについて語るときに見せる嫉妬に似たものを。古賀は、判らないと、いった。京子は、黙ってしまった。その沈黙に、古賀は、愛を感じた。この女は、田代を愛しているのではないか。

コーヒーを飲み終って、ビルに戻ると、客は、帰った後だった。田代は、やや興奮した顔付きになっていた。古賀が、「誰か来ていたようですね?」というと、田代は、口元に小さな笑いを見せて「ああ」と頷いた。

「中央タイムスの人間だ」

「用件は何ですか?」

「つまらんことはやめろと、忠告に来てくれたのさ」

田代は、笑いを消して、いった。

「君が、警察で沢木の事件を聞いたのを、嗅《か》ぎつけたらしい。何のために、そんなことをするのだというから、伝記を出すつもりだといってやった。えらくご立腹だったがね」

「それで、止《や》めるんですか?」

「何故、止めなきゃならん」

田代は、大きな声で、いった。感情の高ぶりを、無理に抑えているような声だった。

「俺は、止めろといわれて、ますます意欲が湧《わ》いて来たよ。絶対に、沢木信介の伝記を出す。生《なま》の沢木の伝記をね」

「売れませんよ」

「そんなことは問題じゃない」

「じゃあ、何故、沢木の伝記なんか出すんですか？　みすみす損になると判っていて」

「彼に興味があるからだ」

「――――」

「納得がいかないといった顔だな」

「ええ。社長は、中央タイムスで働いていたことがあるそうですね」

「山内英夫に聞いたのか？」

「そうです」

「それで？」

「当時、中央タイムスの社長は、沢木信介だったと聞いています。社長は、何か個人的な理由で、沢木信介の伝記を出そうと思っているような気がするんですが」

すぐには返事がなかった。そのことが、古賀の推測の正しさの証拠のように思えた。だが、死んだ沢木信介と、田代の間にどんな問題があったのか、古賀には、判断がつかなかった。古賀は、田代の返事を待ったが、田代は、窓に眼を向けたまま、押し黙っていた。腹を立てたのかと思い、古賀は、相手の顔を覗き込んだが、田代は、遠くを見る眼になっているのだった。そんな田代を見たのも、古賀には、初めてだった。田代にも、追憶にふける瞬間があったのか。いつもの、万事に投げやりなニヒリスティックな貌《かお》と、どちらが本物の田代なのだろうか。

「旬報を出そう」

と、ふいに、田代が、いった。

「今度は、何号だったかな？」

「丁度《ちょうど》五十号です」

と、京子が隅《すみ》からいった。古賀は、わけが判らなくなって、田代の顔を見直した。

「沢木の伝記は止めたんですか？　広告取りと、資料集めと両方一度には無理ですよ」

「今度の旬報には、俺自身の広告を載せるのだ。五十号発刊を記念して、沢木信介の伝記を出版するとね」

「それじゃあ、丸っきり赤字じゃありませんか」

「金のことは、心配しなくていい」

田代は、古賀の顔を睨むように見て、いった。

「君たちの給料も、ちゃんと払うから、心配するな」

田代は、古賀と矢崎京子の顔を交互に見て、いった。

6

翌日、いつもより遅く出社すると、田代の姿はなくて、京子だけが、取り残されたような顔付きで椅子《いす》に腰を下ろしていた。古賀は、腕時計に眼をやってから、「社長は?」と、訊いた。

「出かけたわ」

と、京子は、疲れのみえる声でいった。その眼が、赧《あか》く見えた。

「何処へ?」

「行先はいわなかったけど、金策に決まってるわ。昨日は、あんな勇ましいことといってたけど、金がないのは、判ってるんだから」

「金を借りてまで、沢木の伝記を出すなんていうのは、尋常じゃないな」

「あたし、何となく怖いのよ」

京子が、古賀の傍に来て、いった。昨夜眠らなかったみたいに、彼女の眼の下に、黒いクマが出来ていた。

「怖い?」

「沢木信介のことに、夢中になり過ぎているわ。他のことは、考えられなくなってるみたいで——」

「他のことというのは、例えば、あんたのこと?」

古賀がいうと、京子は、強い眼で見返した。別に、照れた様子も見せず、「判らなくなったわ。あの人が」といった。社長とは、もういわなかった。古賀は、黙って、煙草に火を点《つ》けた。古賀がすすめると、京子も、一本指先でつまんだが、口には持っていかずに、

「何だか、今度のことで、会社も潰れちゃうような気がするし、あの人も、駄目になってしまうような気がするのよ」

と、いう。古賀も、そんな気がしなくはない。というより、この頃の田代を見ていると、沢木信介と心中しかねないし、そうすることに生き甲斐《がい》を感じているように見える時さえある。そんなことから、京子は、田代を失うのではないかという不安に襲われているのか。それとも、女の敏感さで、田代の行動に秘密めいた匂《にお》いを嗅ぎあてたのか。

古賀には、田代を失うことの不安はない。現在の仕事を失うことにも、格別困惑感はなかった。自慢になる仕事と考えたこともないし、田代という人間に、惹《ひ》かれるものを感じたこともなかった。が、田代が沢木信介に示す異常な執着には、興味を覚えていたし、その理由を知りたいとも思っている。

古賀が、二本目の煙草を咥《くわ》えた時、コンクリートの階段を駈け上ってくる足音が聞こえ、ドアが開いて、田代が入ってきた。

(田代が、階段を駈けるのも、初めてではなかったろうか)

と、古賀は、息をはずませている田代を見た。田代は、自分の机に腰を下ろすと、何かいいたげな京子を無視して、古賀を呼んだ。

「すぐ、印刷所へ電話してくれ。旬報を出す」

「金策がついたんですか?」

と、古賀が訊くと、田代は、ちらっと、京子に視線を走らせてから、「いいから、電話し給え」と、早口に、いった。

古賀が、印刷所に電話している間、田代は、原稿用紙に、鉛筆を走らせていた。口をへの字に結び、折れるように強く鉛筆を握りしめている田代の姿に、古賀は、一流紙の記者だった昔の姿を見るような気がした。田代自身も、今その陶酔に、浸《ひた》っているのではあるまいか。

田代は、書き上げた原稿を、古賀に押しつけると、「印刷屋が来たら、渡しておいてくれ」といって、また外へ飛び出して行った。古賀は、田代の椅子に腰を下ろして、原稿に眼を通した。

〈創刊五十号を記念して、沢木信介伝出版の予定。
マスコミの帝王を裸にした赤裸々な人生記録。これこそ嘘のない人間の記録であり、帝王のベールは、本書によって完全に、引き剝《は》がされるであろう――〉

こんな文字が、原稿用紙の升目を埋めていた。稚気さえ感じられる言葉の中に、古賀は、田代のなみなみでない決意と、沢木信介に対する怒りのようなものを感じた。これは、故人に対する挑戦状ではないのか。

古賀は、顔を上げて、京子を見た。彼女は、ぼんやりとした眼で、天井を見ていたが、ふと立ち上がると、黙って部屋を出て行った。一人になった古賀は、椅子にもたれて、煙草に火を点けた。窓は開いているのだが、風は入って来ない。確か、ウチワがあった筈だと、田代の引出しを開くと、小さくたたんだ紙片が眼に入った。古賀は、興味にかられて拡《ひろ》げてみた。

〈今夜は、是非来て下さい。鍵《かぎ》は掛けずにおきます〉

と、それだけの言葉が鉛筆の走り書きで、書かれてあった。署名はなかったが、誰の字かは、すぐ判った。矢崎京子の字だ。彼女が、折角渡したのに、沢木信介のことに夢中の田代は、読みもせずに、引出しに放り込んでしまったらしい。古賀は、京子の眼が、赧く充血しているのを思い出した。昨夜、あの女は一睡もせずに田代を待っていたのだろうか。その紙片を、引出しに戻しながら、古賀は、微かな怒りを、田代に対して感じていた。

7

世界経済旬報五十号は、一千部刷られ、各方面に配られた。配布先は、田代が決めたが、その中には、中央タイムスも、Sテレビも入っていた。古賀が考えた通り、これは、明らかに、挑戦であった。

「これから、面白くなるぞ」

と、田代は、妙に据《すわ》った眼で、いった。

「向うさんも、いろいろと、沢木の名誉を守るために、走り廻るだろうな」

古賀は、田代のいう「向うさん」の中に、どんな人間が入っているのか、知りたいと思った。田代が挑戦しようとしているのは、死んだ沢木信介個人なのだろうか、それとも、沢木の向うにある何かなのだろうか。

翌日の各紙に、中央タイムス社から、近々、沢木信介伝が刊行されるという一頁《ページ》広告が載った。それは、田代の挑戦に対する一つの回答といえないこともなかった。

「向うさんも、出版を早くして、沢木の銅像を作ってしまう気らしい」と、田代は、笑ったが、それを、ぶち毀《こわ》すことが出来るのかと、古賀は、危ぶんだ。古賀が集めてきた資料だけでは、薄っぺらな沢木信介伝しか出来ないし、そんなものを出したところで、沢木信介の威信は、毫《ごう》も傷つかないだろう。古賀が、それをいうと、田代は、

「大丈夫だ」

と、自信に溢《あふ》れたいい方をした。

「俺たちが、本物の伝記を出すことを知った人間が、資料を持ち込んでくる筈だ。沢木信介には、味方も多かった代りに、敵も多かった筈だからね。それを待つさ」

「しかし――」と、いいかけて、古賀は、言葉を呑《の》み込んだ。田代が、自信満々に見えたからだが、危惧《きぐ》と疑問は、言葉にならずに、古賀の胸に残った。田代のいうように、そんなに上手く、沢木信介の私生活を暴くような資料が集まるだろうか。それにもし、沢木に関する面白い話を持ち込んでくる人間がいたとしても、きっと、謝礼を要求するだろう。

田代に、それを買うだけの金があるのか。

古賀の危惧を裏書きするように、二日三日と、空《むな》しく日が過ぎた。犬の子一匹、世界経済旬報社を訪ねて来なかった。その間、田代だけが、忙しく飛び廻っていた。金策のためらしく、帰ってくると、古賀と矢崎京子に、

「君たちの給料は、もう二、三日待ってくれ」

と、済まなそうに、いったりした。

「いくらかまとまった金はあるんだが、沢木信介の伝記を出すのに、取っておかなければならないんでね」

と、田代は、付け加えた。田代は、本気で、沢木の伝記が出せると信じているようだった。

（だが、このまま資料が集まらなかったら、出そうにも出せないではないか）

古賀は、次第に、田代について行けない自分を感じ始めていたが、四日目になって、社のレターボックスに、分厚い封書が入っているのを見つけた。重さが超過しているのか、三十円の切手が貼《は》られたその封書の表には「世界経済旬報社御中」の文字があった。裏を返したが、差出人の名前はない。そのことが、古賀には、曰くありげに見え、外出中の田代の帰りを待たずに、封を切った。淡い香水の匂いのする数枚の便箋《びんせん》に、細い字が、びっ

しり書き込んであった。

8

〈貴方様《あなた》のところで、沢木信介の伝記を出されると知り、この筆を取りました。何故、中央タイムスに送らず、貴方様のところに送る気になったかは、くどくどと説明は致しますまい。この手紙を最後までお読み下されば、自然にお判《わか》りになることと思うからで、ございます。

沢木信介の死は、事故死では、ございません。あれは、他殺です。嘘《うそ》ではございません。この私が、あの夜、沢木を、Sテレビの屋上から突き落したのですから。

沢木を突き落した同じ手で、今、私は、この手紙を書いております。貴方様に、何もかも知って頂くために。

私が、沢木と初めて会ったのは、五年前でございます。

当時の私は、短大の英文科を出て、社会に出たばかりでした。自分では、社会についても、異性についても、セックスについても、十分な知識を持っていると自惚《うぬぼ》れておりましたけれど、今から考えれば、書物から得た知識というだけのことで、何も知らないに等しかったのが判ります。カマトトの反対を何というのか存知ませんが、もしそんな言葉があるなら、その頃の私が、それだったに違いないと思います。

沢木と初めて——と書きましたけれど、それは別に、劇的な出逢《であ》いといったようなものでは、ございません。中央タイムスで主催した講演会に出かけ、その時、沢木が演説するのを聞いただけのことでございます。

その頃、私には、Tという恋人があり、その講演会に出かけたのは、Tに誘われてのことでした。初めて見た沢木は、私には、ただ、傲慢《ごうまん》な感じの男としか見えませんでしたけれど、Tは、眼を輝かせて、「あれが、沢木信介だ」と、何度も繰りかえすのです。それは、まるで、稚《おさな》い子供が、憧《あこが》れの英雄を見る眼のように、私には思えました。新聞記者だったTには、中央タイムスの社長であり、近々に発足するSテレビの社長にも擬《ぎ》せられている沢木信介が、神に近い存在だったのかも知れません。その後も、私は、Tの口から、何度となく沢木信介の名前を聞かされました。若き日の沢木が、どんなに敏腕な記者であったか。日本人記者として、初めて国際的なスクープをものにし、日本ジャーナリズムの盛名を高めた沢木。三流紙であった中央タイムスを買い取るや、短時日の間に一流新聞に向上させた沢木。生れつきの新聞記者であり、マスコミの英雄である沢木信介。

沢木について、何も知らなかった私は、Tから聞かされている間に、頭の中に、一つの沢木信介像のようなものが、生れて来るのを感じました。勿論、それは、Tの言葉の引き写しのような人物像にしかすぎませんでしたが、私と無縁だった一人の男が、ある意味で、身近に感じられるようになったことだけは、確かでございました。しかし、こう書きましても、沢木に、惹かれはしませんでした。むしろ、Tの心に沢木信介という怪物が、大きな位置を占めていることに、反撥《はんぱつ》し、時には、強い嫉妬を感じたものでした。自分でも、説明のしようのない奇妙な嫉妬。

二度目に沢木と会ったのは、最初の時と同じような講演会の時でした。私には、何の興味もない会でしたけれど、Tに引きずられる恰好《かっこう》で、見に行ったのです。

夏の暑い日だったのを憶《おぼ》えております。私は、恋人を、そんな堅くるしい場所に連れていくTの無神経さに腹を立てていました。それは、同時に、Tの心をとらえている沢木という人間に対する腹立たしさでもありました。その日の会は、私には、最初から最後まで退屈で、つまらないものでした。会が終った時には、ほっとして、解放された感じがしたのですけれど、Tの方は、会場を出てからも、沢木の言葉の口まねなどを繰り返して、まだ、興奮が冷めやらぬ表情をしていました。私は、いらいらして、私と、沢木のどちらが大事なのと、問い詰めてやりたいような気になっていました。そんな、むしゃくしゃしていた私の気持の現われのように、ふいに、激しい夕立ちが、降ってきました。Tは、恋人らしく、周章《あわ》てて、着ていた上衣《うわぎ》を脱いで私に羽織《はお》らせ、タクシーを探しました。丁度、日曜日の夜で、その上、雨が降り出しては、車は、なかなか摑まるものではありません。でも、私は、雨に濡《ぬ》れるのが、むしろ、心地よかった。激しい雨に打たれていると、先刻までのむしゃくしゃした気分を、洗い流してくれるような気がしたからです。私が、「濡れながら歩きたい」というと、Tは、苦笑して、「そんなことをしたら、君が風邪をひいてしまう」と、私を、無理矢理近くにあったビルの軒下に連れて行きました。Tは、恋人らしく振るまったのでしょうけれど、その時、私は、この人は今の私の気持を判っていないと、ひどく悲しかった。一緒に、雨の中を歩いてくれたら、あの時の私は、どんなに嬉《うれ》しかったろうか――

変に、こじれたような気持で（勿論、それは、私だけのこだわりでしたけれど）雨やどりをしているうちに、私たちの前に急に、高級車が止まり、「乗らないか」と、手招きされました。それが、沢木信介だと知った時の、Tの感動に満ちた顔を、私は、今でも忘れません。

私は、乗りたくありませんでした。理由のない不安を感じたからです。でも、結局、私たちは、沢木の車に乗り、駅まで送って貰うことになりました。Tには、沢木の厚意を断わることなど、思いも及ばなかったのでしょう。

Tは、沢木の傍に腰をおろして、こちこちに固くなっていました。沢木は、物わかりのいい、権力者の顔で、私たちに話しかけ、Tが、中央タイムスで働いていることを告げると、「ほう」と頷き、「しっかりやってくれ給《たま》え」と、微笑しました。その時のTの感激した顔――。しかし、私は、沢木の顔に、その言葉とは裏腹な、冷ややかなものを感じたのです。私たちを車に乗せたのは、沢木の完全な気まぐれ。それが、私には、痛いほど判りました。それなのに、Tは、子供みたいに感動している。私には、Tが滑稽《こっけい》に見えました。

駅に着いた時、沢木が、ふいに私を、じっと見て「まだ、君の名前を聞いてなかったね」と、いいました。私は、名前と、勤めている会社の名前を教えました。その時、私の心に一つの考えがひらめきました。沢木は、私たちと別れた瞬間にTの名前を忘れてしまうだろう。だが、私のことは忘れまいと。自惚れたのではありません。私を見つめた時の沢木の眼が、ただの男の眼だったからです。その眼を、おぞましいと感じながら、同時に、私の心の何処《どこ》かに、快《こころよ》いものがあったことも、否定しようとは思いません。その瞬間、沢木信介は、私の心の中で、虚像ではなくなり、一人の男として、存在するようになったのです。

9

　そのことがあってから、Tが、沢木信介の名前を口にする度に、私の眼には、沢木が私の名前を聞いた時の生臭《なまぐさ》い眼が浮かぶようになりました。ただの男でしかない眼。それは、同時に、私を、生の女としか見ていない残忍な眼でもありました。

　その眼に、もう一度、会ったのは、十日程あとでした。勤め先に掛ってきた電話に出た時、相手が、沢木信介とすぐ判りました。私は、無意識に、沢木から電話が掛ってくるのを待っていたのかも知れません。いえ、こんな書き方は、素直ではありません。私は、はっきりと、意識して、沢木信介からの誘いを待っていたのです。

「今夜、銀座のナイトトレインというクラブへ来給え」

　沢木は、それだけいって、電話を切ってしまいました。私が来るものと頭から決めている傲慢さ。まるで、王様が、ハーレムの女奴隷に命令するような態度。私は、腹を立てながら、それでも、自分は、出かけるに違いないと思い、そして、ナイトクラブへ行ったのです。

　何故、沢木に会いに行ったのか、その時の私の気持を分析して見せたところで、貴方様には、少しも面白くございますまい。私にも、はっきり判らないのです。でも、これだけは、いえると思います。Tが、私と一緒の時、沢木のことを話さず、私たちだけのことを考えていてくれたら、つまらない沢木の講演会に私を連れて行かなかったら、私と一緒に、雨に濡れながら歩いていてくれたら、沢木の車に乗ることを拒絶してくれていたら、そして、沢木のように生臭い眼で私を見てくれていたら、私は、沢木に会いには行かなかった筈です。

でも、所詮《しょせん》は、私の卑怯ないいわけに過ぎないと判っております。結局は、私の心の奥に、不貞への願望があり、それを、私は抑えられなかったということなのですから。

あの夜、沢木が求めたら、私は簡単に身体《からだ》を許していたに違いありません。私の気持は、それほど、不安定でした。もし、そうなっていたら、私は、沢木を軽蔑《けいべつ》し、簡単に、沢木信介という存在を忘れることが出来たかも知れません。でも、沢木は、そうしませんでした。お前のような女は、いつでも物に出来るのだぞといった自信に満ちた眼で私を見ながら、態度だけは、完全に紳士的に振るまうのです。家まで送り届けられた時、私は疲れ切って、ひどく自虐的な気持になっていました。

このことがあってから、私は、自分でも判らずに、妙にヒステリックになることが多くなりました。Tが、何も判らずに、いつもの調子で沢木信介の礼讃《らいさん》を始めると、いらいらして、沢木の話なんかしないで欲しいと怒鳴ってしまいました。その時の、Tのきょとんとした顔。それが、当り前なのに、私は、Tのそんな態度に、また腹を立てたのです。

二度目の電話が、沢木から掛ってきた時、私は、自分が、危うく淵《ふち》に立っているのを感じました。行けば、Tを失うかも知れない。沢木には、行かないと返事してから、Tに電話をかけました。今夜、私と一緒にいて欲しいと。もし、そうしてくれなければ、私は、貴方の前から消えてしまうといったのです。私には、必死の賭けだったのに、電話に出たTは、私の言葉を冗談としか受け取らず（或《あ》るいは、またヒステリーが始まったと思ったのかも知れません）、今日は、殺人事件を追っているので、一緒にいられないといったのです。特ダネを追うことに夢中のT。第二の沢木信介になろうとして夢中のT。その時、Tの存在が、何と遠くに感じられたことでしょう。

私は、また、クラブに出かけました。沢木は、不思議そうな顔もせず、「来ると思っていたよ」といいました。「だから来たのよ」と、私も、いいました。

その夜、私は、沢木のものになりました。

10

女というものは、最初の男を忘れられないものだという言葉を、私は、何かの本で読んだことがありました。沢木に対して、そんな気持は感じませんでした。あんな言葉は嘘《うそ》っ八《ぱち》です。でも、私は、沢木から呼び出される度に、いそいそと出かけていきました。

Tは、私と沢木のことを、少しも気づかないようでした。相変らず、私に向って、沢木を賞讃するのです。そんな時、私は、自分でも判るほど意地の悪い眼で、何も知らないTの顔を見つめていました。

或る日、Tが「そろそろ、僕たちも結婚しようじゃないか」と、私に、いいました。

「僕も、新聞記者としての仕事に自信が出て来たし、君を、あんまり待たせちゃ悪いからね」

その時のTの恋人然とした顔。私は、ふいに、Tに対して、激しい憎しみを感じました。私を、ここまで追い込んでおきながら、そのことも知らずに、得々として、結婚しようというT。彼の顔に、何の暗さもないことが、かえって、私の気持を、激しい憎しみに、かり立てたのです。Tの無神経さに、腹が立ったのです。何も知らないTを、思い切り傷つけてやりたいと、私は思いました。

次に、沢木に会った時、私は、Tのことを話しました。彼は、案の定Tのことを忘れていましたが、にやにや笑って、

「それで、どうしてくれというんだね？」と、私に訊きました。

「貴方《あなた》の力で、Tに、何か、椅子をあげて欲しいわ」

私が、いうと、沢木は、ふーんと鼻を鳴らしてから、

「それは、君が私のものになった代償というわけかね？」

と、訊きました。私は、どう考えてくれてもいいと、いいました。

それから暫くして、Tが、喜びに溢《あふ》れた顔で、ニューヨークに派遣されることになったと、私に告げました。

「勿論、君も一緒に行ってくれるだろうね？」

と、その返事は判っているのだという顔で訊くTに、私は冷たい顔で、首を横に振ってやりました。わけが判らないといった顔で、ぽかんとしているTに、私は、何故、ニューヨーク行が決まったか、その理由を教えてやったのです。

見る見るうちに、蒼ざめたTの顔。私は、構わずに、Tに背を向けました。悲しみも、怒りもありませんでした。これで、終ったのだと思っただけです。

その後、Tが、中央タイムスを辞めたのを知りました。

私は、完全に、沢木の女になりました。彼のハーレムにいる女の一人になったといっても構いません。喜びもない代りに、後悔もありませんでした。

ここまで書いてきたら、便箋が無くなって来ました。新しい便箋を買いに行くのも億劫《おっくう》ですし、沢木との生活を、だらだら書いたところで、貴方様には、面白くありますまい。

Tと別れ、沢木のものになって四年余り。私は、疲れてしまったのです。それに、もう若くもありません（精神的に）。

私は、死を考え、その道連れに、沢木を考えたのです。私が死ぬのなら、沢木も死ぬべきだ。第三者からみたら、理屈にも何にもなっていないでしょうが、私は、それが当然なのだと考えたのです。

私は、沢木をSテレビの屋上から突き落しました。毒を飲みあって、心中などと考えられるのは、我慢がならなかったのです。私は、私の意志で死ぬのです。そして、沢木は、私が殺すのです。そうでなければ嫌です。

便箋が、とうとう最後の一枚になってしまいました。嬉しいことに、もう書くこともありません。

この手紙を、どうなさろうと、貴方様のご自由です。でも私を探そうとなさったり、私が死ぬのを思いとどめようとなさることだけは、おやめになって下さい。この手紙を投函《とうかん》したあと、私は、この世から消えるつもりでいるのでございますから。つまらない女の繰《く》り言《ごと》のような手紙を読んで下さいまして、有難うございました。

後藤淑子《ごとうとしこ》〉

11

読み了《お》えた時、古賀は、ひどく暗い眼になっていた。封筒の消印は、十和田《とわだ》局になっている。古賀の脳裏に、十和田湖に浮かぶ女の身体が浮かんだ。手紙の中のTは、明らかに、田代のことに違いない。田代はこの手紙が届くことを予期して、沢木信介の伝記を出すという突拍子《とっぴょうし》もないことを考えたのか。

古賀が、手紙を田代の机の上に置き、自分の椅子に戻った時、ドアが開いて、田代が戻って来た。

田代はハンカチで首筋の汗を拭《ぬぐ》いながら、椅子に腰を下ろすと、机の上の手紙に、眼を落とした。

古賀は、黙って、田代に眼を向けていた。

田代は、手紙を読み始めた。読み終ると、何事もなかったように、京子の注いだ茶碗《ちゃわん》に手を伸ばした。が、古賀には、それが、異常な自制心のためと判《わか》った。机に置いた茶碗が倒れて、むぎ茶が飛び散ったからだ。

「古賀君」

と、田代が、乾いた声で、呼んだ。

「君も、この手紙を読んだね?」

「読みました」

「これで、資料が揃《そろ》ったようなものじゃないか。沢木信介の面白い伝記が作れるぞ」

「本当に、そう思うんですか?」

「思うね」

田代は、歪《ゆが》んだ眼で、古賀を見た。

「沢木の死が、事故死でなくて、他殺となったら、センセーションだからな。そう思わないかね」

「――――」

古賀は、黙っていた。田代の気持が判らなかった。

田代は、いらいらしたように、古賀を睨《にら》んでいたが、ふいに手紙を、放ってよこした。

「資料は揃ったんだから、すぐ原稿を書き給え」

田代は、それだけいうと、また、部屋を出て行った。激しい音を立てて、ドアが閉った。その音に怯《おび》えたように、京子が、蒼《あお》い顔で古賀を見た。

「その手紙は、一体、何なの？」

「つまらない手紙さ」

と、古賀は、いった。「君は、見ない方がいい」

矢崎京子まで、苦しむ必要はないのだ。古賀は、手紙を机の引出しに放り込むと、

「新聞の綴《つづ》りを取ってくれないか」と、京子に頼んだ。古賀は、昨日と一昨日の新聞に眼を通した。

(出ていた)

と、思った。一昨日の新聞だった。社会面の片隅に、十和田湖で、若い女の水死体が発見されたと、出ていた。身元不明とあるが、手紙の後藤淑子に違いないと思った。

古賀は、新聞を綴《と》じると、機械的に原稿用紙を拡げた。が、鉛筆を走らせる気になれなかったし、どう書いたらいいのか判らなかった。

「矢崎さん」

と、古賀は、妙に改まった調子で、京子に声をかけた。

「今夜、飲みたくて、仕方がないんだが、付き合ってくれないか?」

「――?」

京子は、探るような眼で、古賀の顔を見てから、「いいわ」と頷いた。

「でも、原稿を作らなきゃいけないんでしょう?」

「もう出来たよ」と、古賀は、いった。

古賀は、封筒を取り出すと、一字も書いてない原稿用紙を、手紙と一緒にその中に入れて封をした。表に、「原稿」と書いて、田代の机の上に置いた。

12

その夜、古賀は、酔い潰れ、京子に送られて、アパートに戻った。田代のことを、「あいつは、汚ねえ奴《やつ》だ」と、繰りかえしたのは憶《おぼ》えていたが、他のことは憶えていなかった。

翌日は、ひどい二日酔いで休んでしまったが、それでなくても、休みたい気持になっていた。

(あんな原稿を書かされるのは、真っ平だ)

と、思う。書きたければ、田代が、自分で書けばいいのだ。次の日も休んだが、三日目には、やはり、気になって、昼近くに出社してみた。田代はまだ来ていなかった。

田代が姿を見せたのは、夕方近くなってからだった。手に、ボストンバッグを下げ、入ってくるなり、落ち着いた声で、「君たちに、話したいことがある」と、いった。

「沢木信介の伝記を出すことは、止めることにした。君たちに、退職金も払えなくなっては気の毒だからな」

「退職金？」

古賀が訊くと、田代は、眼をぱちぱちさせた。

「そうだ。俺は、この仕事を止めることにしたんだ」

田代は、感情の籠らない声でいうと、ボストンバッグから、二つの封筒を取り出して、古賀と、京子の手に押しつけた。

「少ないが、退職金だ」

それだけいうと、田代は、もう立ち上がっていた。

「じゃあ」と、一寸《ちょっと》、手を上げて見せてから、田代はドアを押し開けて部屋を出て行った。

呆然《ぼうぜん》としていた古賀は、ふと、京子の顔を見た。

「追いかけなくて、いいのかい？」

古賀が訊くと、京子は、歪んだ顔を、横に振って見せた。

「追いかけても仕方がないわ。はじめっから、あの人の心にはあたしの入る余地なんかなかったんだもの」

「――」

古賀は、暗い眼になって、窓の外に眼を移した。ビルを出た田代が、ゆっくりした足取りで、駅に向って歩いて行くのが見えた。

(田代は、十和田へ行くのかも知れない)

と、思った。十和田へ行って、死ぬ気なのかも知れない。止めなければ――と思いながら、田代を追いかける気になれなかった。街路には、夕闇《ゆうやみ》が立ち籠《こ》めて来ていた。やや猫《ねこ》背《ぜ》の田代の後背は、じきに、その夕闇の中に消えた。

脅迫者

1

安田《やすだ》は、四十五歳で、営業部長になった。私大出としては、出世頭の方である。いろいろな、かげ口をきかれることもあったが、安田は、気にしていなかった。何といわれようと、勝てば官軍なのだという考えが、安田にはある。

安田は、部下に対して、傲慢《ごうまん》であった。年上の課長でも、ずけずけと、呼びすてにした。自信が強すぎるのかも知れないが、自然に、部下の間に、不満の声も生まれた。

新入社員の中に、「部長を殴ってやる」と、友人に、いった者がいた。それを聞いて安田はにやにや笑い出した。そんな強がりをいう人間に限って、実際には、何もできない弱虫と、これまでの経験で知っていたからである。

安田は、その男を、部長室に呼びつけると、

「殴りたければ、殴って見ろ」

と、いきなり、高飛車《たかびしや》に出た。その一言で、相手は、真っ青になってしまった。がたがたふるえているのだ。

「前途ある人間が、つまらないことを考えるんじゃない」

と、言葉を続けると、相手は、身体《からだ》をかたくして、

「申しわけありません」

と、声をふるわせて、いった。

安田の部下に対する態度は、だいたい、こんなふうだった。誰に対しても、高飛車に出て、上から、抑《おさ》えつけてしまうのだ。部下は、不満を持っていたが、会社の中で、実力者をもって任じている安田には、頭が上がらなかった。

安田は、将来の重役候補と、自認していた。社長に、信任があったから、これは、あながち、うぬぼれとは、いえなかった。こんな安田にとって、部下の不満やかげ口などは問題ではなかったのだ。

2

安田は、自分の若さも、自慢の一つだった。まわりを見廻《みまわ》しても、四十五歳で部長の椅《い》子《す》についている者は、一人もいない。

四十五歳だが、おれの肉体は、まだ三十代だと、安田は、思っていた。彼が、スポーツ・カーを買い求め、休日には、自分で運転してドライブに出かけるのも、自分の若さを

誇りたいという気持のあらわれだったと、いえるかも知れない。

九月二十五日。

その日、安田は、スポーツ・カーをかって房総《ぼうそう》に出かけた。妻が、用で実家に帰っていたことも、彼の解放感に拍車をかけていた。

隣の助手席には、銀座のバーで知り合ったホステスの若い娘を乗せていた。

快適なドライブであった。女が、自分にほれている様子なのも、安田には、楽しかった。

都内に戻ったのは、夜になってからだった。

「今夜、あたしのアパートに来ない?」

と、女が、運転している安田の肩に、頭を持たせかけるようにして、いった。

「どうせ、帰ったって、奥さんは、いないんでしょう?」

「そりゃあ、そうだが――」

安田は、あいまいにいったが、眼の前に、女の豊かな肉体がちらついた。抱きごたえのある女だった。安田は、ちらっと、女の胸のあたりに眼をやった。

一瞬、前方に対する注意が、留守になった。眼を戻したとき、暗やみの中に、白い人影が、浮かんだ。

あわてて、ブレーキを踏んだ。車が、つんのめるような恰好《かっこう》で、止まった。隣で、女が小さな悲鳴をあげたのは、急停車で、何処《どこ》か、ぶつけたからだろう。

だが、安田は、女のことに、かまってはいられなかった。(これが、新聞に出たら――)

と、そのことが、一番最初に、頭に浮かんだ。重役の椅子をふいにしてしまうかも知れない。

安田は、車から降りると、まず、周囲を見廻した。幸い、人影はない。誰も、この事故を目撃した者は、いないのだ。

安田は、ほっとした。

「おい」

と、安田は、助手席で、まごまごしている女に声をかけた。

「君は、ここで降りて、タクシーでも、拾ってくれ」

「死んだの?」

女は、手で、額《ひたい》のあたりを押さえながら、青い顔できいた。

「わからん」

安田は、いらいらしたように、早口で、いった。

「とにかく、君が一緒だったと判《わか》ると、まずいんだ。早く、降りてくれ」

「わかったわよ」

女は、怒ったような声でいうと、のろのろと、車から降りた。安田は、その手に、千円札を二枚ばかり、にぎらせた。

「これで、タクシーを拾ってくれ。それから、今日、一緒だったことは、絶対に内緒だ。わかったね？」

「いいわよ」

女は、ぶっきら棒にいった。

「あたしだって、変なことに、巻きこまれるのは、いやだもの」

「内緒にしてくれたら、礼はする」

安田は、そういって、女の身体《からだ》を、押し出した。

女が、車から離れたところで、安田は、倒れている人間に、眼を向けた。

(死んでいるのだろうか？)

もし、死んでいたら、このまま、逃げた方が良さそうだと、安田が考えたとき、倒れていた人間が、急に、うめき声をあげた。

3

三十五、六の、小柄な男だった。

男は、のろのろと、地面に手をついて、上半身を、起こした。安田は、小さく口をあけて、男の様子を眺めていた。

「うッ」

と、男が、小さな悲鳴をあげた。どうやら、左足を痛めただけのようだった。安田の顔が、明るくなった。

（これなら、示談《じだん》ですむかも知れない。新聞ダネにならずにすむかも知れん）

安田は、男のそばに、かがみ込んだ。貧相な顔をした男であった。

「すぐ、病院へ運ぶからね」

と、安田は、いった。彼は、男を抱えあげると、自動車にのせた。男は、だまって、安田のするに委《まか》せていた。

十分後には、男を、病院に運んでいた。

医者は、ベッドに寝かせた男を、診察してから、

「軽い打撲傷ですな」

と、いった。安田の顔が、また、明るくなった。やれやれだと思った。これで、重役の椅子を、ふいにせずにすむ。

「どのくらいで、治りますか？」

「二週間もすれば、完全に、元通りになりますよ」

と、医者は、いった。

「傷が残るようなことは、ありません」

「それで、安心しました」

安田は、医者に礼をいってから、ゆっくり、ベッドに近づいた。

男は、うす眼をあけて、安田を見上げていた。気の弱そうな眼だった。

「二週間もすれば、完全に治るそうだよ」

と、安田は、男に、いった。

「勿論《もちろん》、その間の治療費や、生活費は、私がみさせて貰《もら》う。だから、示談にして欲しいのだ。君にしても、その方が、得だと思うんだがね。どうかね？　君が、私を訴えたとしても、一文の得にもならん。君の方にも、いきなり飛び出して来たという悪い点があるんだからね。二人の間だけで、解決した方がいい問題だと、私は思うんだが――？」

安田は、男の顔を、のぞき込んだ。

「どうだね?」

「――」

「悪いようにはしない。それは約束する。どうかね?」

「わかりました」

男が、やっと、ぼそぼそした声で、いった。

「わかりました、部長――」

4

安田は、一瞬、ぽかんとした顔で、寝ている男の顔を眺めた。

「君は、一体、誰なんだ?」

安田は、気を取り直して、きいた。男が、微笑した。

「営業課の松崎《まつざき》です」

と、男はいった。安田の知らない名前であった。係長以上なら、だいたい名前は知っていたから、平社員なのだろう。

安田の顔が、一寸《ちょっと》ゆがんだ。はねたのは、同じ会社の、しかも、自分の部下だったことは、彼にとって、ショックだった。何故《なぜ》、よりによって、そんな人間を、はねてしまったのだ。

しかし、考えているうちに、かえって、この方が、良かったかも知れないと、思うようになってきた。自分は、会社の実力者であり、この男は、うだつの上がらない平社員なのだ。この男の将来は、自分が、にぎっているようなものではないか。

（秘密を守らせるのは、かえって、簡単かも知れないな）

安田は、自信ありげな表情に戻って、男を見下ろした。

「君の名前を、営業課長から、聞いたことがあるよ」

と、安田は、嘘《うそ》をついた。少しばかり、おだててやった方がいいかも知れないと、考えたからだ。

「今度の人事異動のときには、君のことも、考えることにしよう」

「ありがとうございます」

「だからというわけではないが、今夜のことは、誰にも話さないことだ。話したところで、君にとっては、一文の得にもなることじゃないからな」

「わかっています」

と、松崎は、微笑しながら、いった。

「会社の方には、転んで、怪我《けが》したのだと、報告します」

「よろしい」

と、安田は、うなずいた。どうやら、これで、今度の事件は片付きそうだと思った。

5

翌日、会社に出ると、すぐ、営業課長を、呼びつけた。五十歳を超えた、あまり、ぱっとしない男である。安田の前に出ると、やたらに、頭をペコペコ下げた。

「君のところに、松崎という男がいるかね？」

安田は、いつもの傲慢な態度で、課長に、きいた。

「おります」

と、課長がいった。

「松崎が、何か、しでかしましたでしょうか？」

「松崎というのは、どんな男だね？」

「と、いいますと？」

「頭の切れる男かね？」

「いえ。頭が切れれば、今頃は、係長になっている筈《はず》です。それが、三十すぎても平社員なのですから、切れる男でないことは、おわかりと、思いますが――」

「気の強い方かね？」

「いいえ。私が見ますところでは、小心翼々《しょうしんよくよく》の男だと思います。女の子などは、どうも頼りない感じだと、申しております」

「そんな男か」

安田は、にやっと、笑って見せた。病院で見た松崎の様子も課長の言葉を、裏書きしていると、思った。簡単に、抑えつけられるような男らしい。いざとなったら、「クビ」で脅《おど》かせば、思いのままになりそうであった。安田は、松崎に向って、昇進を考えてやるといった約束を、忘れかけていた。

「もういい」

と、安田は、課長にいった。

松崎は、二週間後に、退院した。安田は、注意深く、松崎の様子を見守った。松崎は、人事課に、休暇届を出したが、そこには、転んで、足を負傷したと、書いた。交通事故の言葉は、一言も、書いてはいなかった。

安田は、安心した。勿論《もちろん》、安田の会社での地位には、何の変動もなかった。相変らず、重役候補の筆頭であり、部下に対しては、傲慢な上司であった。一か月、二か月とたつうちに、安田は、次第に、交通事故のことを忘れていった。もう心配のタネでは、なくなってしまったのである。

翌年の春になった。人事異動の時期である。安田は、松崎との約束を守らなかった。あんな約束を守らなくても、松崎に、何ができるものかという気があった。小心翼々とした平社員に何ができるというのか。安田は、安心していた。

人事異動の発表があってから、五日目の夜である。

安田が書斎にいると、女中が入って来て、

「お客さまです」

と、いった。

「誰だ？」

「松崎さまと、おっしゃるそうですが——」

「松崎？」

安田の眼が、一寸ばかり、嶮《けわ》しくなった。約束を守らなかったことで、文句でも、いいに来たのか。それなら、逆に、〝クビ〟で、脅かしてやるまでだ、と安田は、思った。

「まあ、通しなさい」

安田は、落ち着いた声で、女中に、いった。

松崎が、女中に案内されて、入って来た。相変らず、見ばえのしない恰好をしていた。

肩をすぼめるような姿勢で、書斎に入ってくると、

「夜分、おそくお邪魔致しまして、まことに申しわけございません」

ぼそぼそした声で、頭を下げた。

「まあ、座りたまえ」

安田は、椅子をすすめた。松崎は、のろのろと、腰を下ろした。

「何の用だね？」

「それが――」

「はっきり、いってみたまえ。何の用で来たんだね？」

「実は、五日前に、人事異動の発表が、ございました」

「それで？」

「私は、今年は運がいいので、ひょっとすると、係長になれるかも知れない。そう思って、今回の人事異動を、楽しみに待っていたんでございますが」

「それで？」

「私の名前は、どこにも、出ておりませんでした」

「それは、残念だったね」

安田は、そっけなく、いった。松崎は、眼をしょぼつかせた。

「私も、がっかり致しました。その時に、ふと、足を怪我した時のことを、思い出したんでございます」

「――――」

「あの時のことは、今でも、はっきりと、おぼえております」

「一体、何が、いいたいんだね？」

「ひょっとすると、部長にも、あの時のことを思い出して頂《いただ》けるかも知れないと思いまして」

「私を脅迫するのかね？」

安田が睨《にら》むと、松崎は、あわてて、

「とんでも、ございません」

と、甲高《かんだか》い声を出した。

「そんな、大それたことが、私のような者に出来る筈が、ございません」

「それなら、何故、去年の事故のことなんか、持ち出すのかね？」

安田は、次第に、いらいらしてくるのを感じた。相手が、恐縮したような口調とは反対に、妙に、図々《ずうずう》しいところがあることに、気付き始めたからである。

「それはで、ございますね」

松崎は、卑屈な笑いを口元に浮かべながら、安田を見た。

「実は、あの事故の時、いい忘れたことがあったのを、思い出したからで、ございます」

「いい忘れた？」

安田の眼が嶮しくなった。この男は、一体、何をいおうとしているのか。

「何がいいたいのか、ぐずぐずせずに、はっきり、いったらどうだ？」

「たいしたことじゃ、ございません。あの時、部長は、私が、いきなり、車の前に飛び出して来たから悪いのだと、申されましたが、おぼえて、いらっしゃいますか？」

「おぼえている」

安田は、低い声で、いった。

「君も、それを認めた筈だ」

「その通りで、ございます」

「それなら、何故、今になって、持ち出してくるのかね？　もう、すんでしまったことじゃないか」

「ですから、いい忘れたことがあったと、申しあげました」

松崎は、相変らず、眼をしょぼつかせながら、恐縮したように、いった。

「何のことだね？」

「あそこは、横断歩道だったので、ございます。従いまして、あの事故では、私には、落ち度がないわけで――」

「――」

安田の顔が、青くなった。

6

安田は、必死になって、あの夜のことを、思い出そうとした。同乗していたバーのホステスを、どうにか逃がしたことや、明りの中に倒れていた松崎の姿は、思い出すことが出来たが、横断歩道であったかどうかは、はっきりしなかった。とにかく、あの時は、夢中だったのだ。夢中で、保身のことばかり考えた――。

「横断歩道だったので、ございますよ」

松崎は、のろのろした声で、追い打ちをかけるように、いった。

「お疑いになるかも知れないと思いましたので、念のために、あの場所の写真を撮ってまいりました。ごらん下さい。ちゃんと、横断歩道が、描いてございます」

松崎は、一枚の写真を、テーブルの上に置いた。安田は、それに眼をやった。

確かに、事故を起こした場所の写真であった。あの時は夜だったが、地形は、おぼえている。そして、松崎のいう通り、横断歩道になっていた。

「この写真は、退院してから、念のために、すぐ、写しておいたのでございます」

と、松崎は、いった。安田は、次第に、自分が、追いつめられていくような、いやな気持になってきた。今まで、一度も味わったことのない気持だった。それだけに、一層、腹立たしくなってきた。こんな、みすぼらしい男に、俺は、脅かされているのだ。こんなつまらない男にだ。

「何が欲しいのか、それを早く、いい給《たま》え」

安田は、怒鳴るように、いった。松崎という男の相手をしているのが、次第に重荷になってきたのである。何でもいいから、この男を追い返したかった。

「何が欲しいなんて、私には、そんなことを申し上げる権利はございません」

松崎は、相変らず、ねちねちした調子で、いった。

「ただ、事件のことを、申し上げたくて、お邪魔致しただけでございます」

「わかった」

安田は、がたんと、音を立てて、椅子から立ち上がった。

「今週中に、臨時の人事異動があるだろう。だから、帰り給え」

「どうも、夜分、お邪魔致しました」

松崎は、馬鹿丁寧《ていねい》にいい、ぴょこんと、頭を下げた。

「奥様に、よろしく、お伝え下さい」

7

二日後に、安田の強引な働きかけで、松崎は、係長の椅子についた。この人事は、誰の眼にも、意外に映ったらしく、いろいろな噂《うわさ》が、流れた。

中には、安田の名前を出して、何かあるのではないかと、噂する者もいた。安田の恐れたのは、それであった。つまらない噂が、重役昇進にひびくのではないか。それが、怖かった。

安田は、強引に、噂を抑えつけた。二、三か月すると、そうした噂も、聞かれなくなった。松崎が、係長になったことも既定の事実として、皆に、受け止められて来たようだった。

安田は、ほっとした。これで、あの事故からは、完全に、解放されたのだと、思った。松崎にしても、望みどおり係長になれたのだから、もう何もいわないだろう。それに、係長の椅子に未練があれば、世間にバラすようなつまらない考えは起こさないだろうと、思った。

(結果的に見れば、奴を係長にしてよかったのかも知れない)

安田は、自分に、そういい聞かせた。

一年たって、また人事異動の時期が、やってきた。安田は、重役の仲間入りが出来なかったが、別に、悲観はしなかった。重役陣に欠員ができれば、真っ先に、その椅子につけるのは自分だという自負があったからである。

(来年あたりだな)

と、家に戻ってから、ひとりで計算していると、女中が、来客だと、告げた。

「誰だ?」

「営業課の松崎さまと、おっしゃっています」

「松崎?」

安田の顔が歪《ゆが》んだ。

「会う必要はないと、そう、いって来なさい」

女中は、一度、引き下がったが、すぐ、戻ってきた。

「二年前のことで、いい忘れたことがあったので、申し上げに来たと、おっしゃっていますけど」

「それは、もう聞いたと、いいなさい。早く帰すんだ」

安田が怒鳴ると、女中は驚いて、玄関へ飛んで行ったが、また、当惑した顔で、戻ってきた。

「松崎は、帰ったかね？」

「それが――」

と、女中は、のろのろした声で、いった。

「どうしても、旦那《だんな》様に、お話ししなければならないと、おっしゃって――」

「話は聞いたと、いったのか？」

「そう申し上げたんですけど、あれとは、違う、もっと大事なことを話したいと、おっしやって――」

「違うこと？」

安田の顔が、こわばった。松崎は、一体、何をいいに来たのか。会うのは癪《しゃく》だったが、会わないのも不安だった。

「通しなさい」

安田は、苦《にが》り切った顔で、女中に、いった。

松崎は、一年前と同じように、いかにも恐縮しきった顔で、入ってきた。

「どうも、夜分にお邪魔しまして、申しわけございません」

松崎は、ぺこりと頭を下げた。安田は、口をへの字にして、そんな松崎の態度を、眺めていた。

「本当は、そう恐縮しても、いないようじゃないか」

「とんでも、ございません。本当に、申しわけないと、思っているので、ございます。今夜、伺うのは、止《や》めようかどうしようかと、ずい分迷ったのでございますが、矢張り、部長のお耳に入れておいた方がいいと、思いましたものですから」

「能書きは、それくらいでいい」

安田は、吐き出すように、いった。

「早く用件をいい給え。私は、いそがしいんだ」

「それは、よく存じております。何といいましても、部長は、我社の実力者でいらっしゃいますから」

「歯の浮くようなお世辞《せじ》は止め給え。それより、早く用件を話し給え」

安田の語気が荒くなった。松崎と向い合っていると、どうしても、いらいらしてしまうのだ。いつもの、自信たっぷりな落ち着きを失ってしまう。相手の、妙にねちねちしたペースに巻きこまれてしまうのである。

「今夜、お伺いしたのは、あの事故のことなので、ございます」

「それは、女中に聞いた。勿体《もったい》ぶらずに、先を話したら、どうなんだ?」

「はい。あそこが、横断歩道だったことは、この前、申し上げましたが、もう一つ、申し上げるのを、忘れていたのでございます。だもんですから、今夜、こうして——」

「早く話し給え」

「私は、知っているんで、ございます」

「知ってる?　一体、何をだ?」

「部長と一緒に、若い女の方が、車に乗っていらっしゃったのをで、ございます」

8

安田は、自分の顔から、血の気が引いて行くのを感じた。

「何故、知ってるんだ？」

安田は、かすれた声で、きいた。あの時、松崎は、道路に、倒れていた筈ではなかったか。

「何故と申しまして、見たからで、ございます」

「見た？」

安田の顔が、更に、こわばった。

「君は、あの時、私の車にはねられて、倒れていた筈だ」

「倒れました。しかし、ご存じのように、怪我をしたのは足だけでございます。眼も意識も、はっきりしておりました。ですから、どんな奴が、車を運転していたのか、倒れたふりをして見ていたのでございます」

「――――」

安田は、言葉を失って、相手の顔を見ていた。最初から、この男は、ずるく立ち廻っていたのだ。

「部長と、女の方の言葉のやりとりも、残らず、耳に入ってしまいました。いろいろと、部長も神経を使われたご様子でしたが――」

松崎は、上眼遣《うわめづか》いに、安田を見て、いった。

「――――」

「あの女の方は、確か、銀座のバーのホステスさんでしたね？」

「どうして、それを知っているんだ？」

「調べたからで、ございます」

「調べた？　何のために、そんな真似《まね》をしたんだ？　私を脅迫するためか？」

「とんでもございません」

松崎は、大袈裟《おおげさ》に、手を横にふって見せた。

「部長のことが、心配だったものですから、調べたのでございます」

「私のため？」

「さようでございます。もし、あの交通事故が、新聞ダネにでもなりましたら、部長の経歴に、大きな傷がついてしまいます。重役にご昇進も間近だというのに、そんなことになっては、大変でございますから」

「――――」

安田は、次第に、眼の前の小男が、恐ろしくなってきた。こいつは、何でも知っているのだ。

「ですから、私はでございますね」

「何だというのだ?」

安田は、弱味を見せまいとして、肩をいからして、相手を睨《にら》みつけた。安田が、そんな顔付きをすると、彼の部下は、ちぢみ上がったものだった。それなのに、この男だけは、表面上は、ひどく恐縮して見せてはいるが、その眼には、恐れなどは、ひとかけらも浮かんではいなかった。

「ですから、女のことを、調べたのでございます」

松崎は、相変らず、ゆっくりした口調で、いった。

「私は、勿論、あの事故のことを、誰にも話したりは、致しません。そんなことの出来る人間じゃございません。しかし、私が黙っていても、あの女が、しゃべってしまったら、それで、何もかも終りだと思ったのでございます。女は、口の軽いものです。それが心配でしたから、お節介《せっかい》とは存じましたが、調べたのでございます」

「――――」

「バー〝クイン〟のホステスで、名前は美佐子《みさこ》。たしか、そうでございますね?」

松崎は、安田の顔を覗《のぞ》き込んで、小さく笑って見せた。

「部長のお好きな女性だけあって、すごい美人でございますな」

9

何でもいいから、相手のいうことを聞いてやって、松崎を追い払いたい気持になっていた。

安田は、相手の顔を見て、きいた。松崎のペースに巻きこまれてしまった感じだった。

「一体、何が欲しいんだ？」

「今度の人事異動のことでございますが」

「昇給させろというのか？」

「いいえ」

「じゃあ、何だ？　主任の椅子は、空いていないから、君を、主任にするわけにはいかん」

「主任などと、そんなことは、申し上げておりません」

「じゃあ、何だ？」

「営業課長の鈴木《すずき》さんは、来年、定年になります」

「知っている。だから、どうだというのかね？」

「会社の規則には、係長が、主任を飛び越えて、課長になってはいけないとは、書いてございませんが」

「君は、まさか――?」

安田は、ぼうぜんとして、松崎の顔を見つめた。

「君はまさか、来年の人事異動のときに、課長にして欲しいというのじゃ、あるまいね?」

「私は、来年、三十八になります。営業課長になっても、おかしくはない年齢だと、存じますが――」

「馬鹿をいっちゃいけない」

安田は、顔をあかくして、いった。

「年齢だけで、課長になれるもんじゃないんだ」

「それは、判っております。しかし、部長の強力なご推挙《すいきょ》があればと、思うのですが、いかがなものでございますか?」

「いくら私でも、君を課長にできる力はない」

「そうでございますか?」

「疑っているのか?」

「部長は、我社では、一番の実力者だと、私は尊敬しております」

「歯の浮くようなお世辞は止めたまえ。だから、どうだというのだ」

「部長が辞められたら、会社にとっては、大きな損失だと、私は、思っているのでございます」

「私は、辞めはせん。つまらんことを、いうな」

「勿論、例えばの話で、ございます。もし、部長が、会社を辞めるとでも、おっしゃったら、社長も重役連中も、必死になって、引き止めるに違いございません」

「―――」

「来年の人事異動のとき、部長が、そのつもりになって頂《いただ》けたらと、思うのでございますが」

「そのつもりとは、一体、何のことだ?」

「私が課長にならなければ、会社を辞めると、社長や重役におっしゃって下さればと、いうことでございます」

「馬鹿をいうなッ」

安田は、顔を真っ赤にして、怒鳴った。怒りのために、声がふるえた。

「君を営業課長にするために、職を賭《か》けろというのか?」

「お気にさわりましたか?」

松崎は、平然とした顔で、きき返した。もう、恐縮したような顔は、していなかった。

「しかし、あの事故は、部長にとって、職を賭けるような事件だったのでは、ございませんか?」

「――――」

「勿論、私は、誰にも、しゃべりは致しません。しかし、美佐子というあの女が、しゃべったら、どうなるでしょうか。結局部長は、会社を辞めることになるのではございませんか?」

10

安田は、考えさせてくれと、いって、どうにか、松崎を追い返した。

ひとりになると、自然に、重い溜息《ためいき》が出た。

あの男は、この俺《おれ》を、利用しつくす気でいる。係長にしてやれば、今度は、課長になりたいという。課長になったら、今度は、部長の椅子を狙《ねら》うかも知れない。いや、あの男のことだから、きっと、要求してくるだろう。

松崎は、職を賭けてでも、課長に推挙しろと、いった。もしそれが出来たとしても、会社全体の反感を買って、重役の椅子を、棒にふりかねない。

そんなことは、安田には出来なかった。

(あの事故には、目撃者がなかったのだ)

安田は、必死になって、考えた。

(松崎が、何といおうと、それを証明するものはないのだ)

だが、女がいた。車に一緒に乗っていたホステスの美佐子だ。あの女の口を封じることが出来れば、松崎の脅迫と、戦うことが可能かも知れない。

安田は、翌日、久しぶりに、バー〝クイン〟に足を運んだ。だが、美佐子の顔は、見えなかった。安田は、何となく不安になって来た。

「あの娘《こ》は、辞めましたよ」

と、マダムはいった。

「辞めた？　他《ほか》の店に、行ったのか？」

「そうじゃないようですよ。結婚するとか、いってましたから」

「結婚？　本当に、そう、いってたのか？」

「ええ。いい人が見つかったらしいんですよ」

「どんな男だ?」

安田は、心配になって、きいた。

その相手が、ヤクザででもあったら、事故のことを美佐子から聞いて、さっそく、自分を脅迫するに違いないと思ったからである。

「さあ」

と、マダムは、首をかしげた。

「やくざじゃないのか?」

「そうじゃないようですよ。あの娘《こ》の話だと、前途有望なサラリーマンのようでしたから」

「サラリーマンか——」

それなら安心かも知れないと思った。小さな幸福を、後生大事に守っているような人間なら、人をゆするようなことは、しないだろう。

だが、そう考えても、心配が、完全に無くなったわけではなかった。もう一度、美佐子に会って、口を封じておく必要があった。

安田は、美佐子の住所を聞いて、そちらへ廻ってみることにした。

四谷《よつや》の高級アパートであった。ドアをノックすると、美佐子が顔を出した。

「あら、いらっしゃい」

と、明るい声でいうと、安田を、部屋に招じ入れた。

安田は、美佐子の顔を見ながら、

「結婚するそうだね？」

と、きいた。

「ええ」

「相手は、どんな男だ？」

「貴方《あなた》の知ってる人よ」

「私の？」

「ええ。松崎っていうんですけど、貴方の会社の人でしょう？」

「松崎？」

安田は、驚いて、女の顔を見直した。女が結婚する相手は、ヤクザより始末が悪い男なのだ。

「やっぱり知ってるんでしょう？」

美佐子は、にこにこ笑いながら、いった。

「あの人はね、今は係長なんだけど、来年は、絶対に、課長になれるんですって。三十八で課長なら、悪くないわ。だから、あたしも、結婚する気になったのよ」

「――」

「何だか、顔色が悪いけど、どうかなさったの？」

「――」

安田は、黙って、女を見つめていた。

ふと、相手を殺したい気持に、かられた。

この女さえ消してしまえば、松崎が脅迫して来ても、証拠がなくなるのだ。

だが、安田が、美佐子のくびに、手を伸ばしかけた時、最後の希望を打ち破るように、女が、いった。

「丁度《ちようど》、松崎が来てるのよ」

「――」

安田は、打ちのめされたように、手を引っこめた。

「今、呼ぶから、挨拶《あいさつ》してね」

美佐子は、安田の気持など知らぬ顔で、次の間に向って、

「あなた」

と声をかけた。

安田は、眼の前が暗くなるのを感じた。

電話の男

1

その日は、朝から頭痛がした。どうやら風邪《かぜ》をひいたらしい。昨日、雨に打たれたのが、いけなかったのだろうか。

「今日は、会社を休むことにする」

と、私は、寝たまま、いった。妻の文子《ふみこ》は、鏡に向ったまま、

「そう」

と、いっただけだった。

最近、妻の態度が、冷たくなったような気がする。結婚したての頃は私が、軽い風邪をひいても、文子は、大騒ぎをしたものだった。

それが、今は、どうだろう。私の病気のことより、鏡の中の自分の顔の方が、大事らしい。結婚して七年目という倦怠期《けんたいき》のせいだろうか。それとも、文子は、私を、もう愛していないのだろうか。

それでも、常備薬の中から、頭痛薬を取り出して、水と一緒に、枕元《まくらもと》に置いてくれた。だが、心配そうな顔は、していなかった。

昼近くなると、美容院に出かけてしまった。昔の文子なら、考えられないことだった。やっぱり、愛情が、消えてしまったのだろうか。

一人になって、寝床で、天井を眺めていると、やたらに、ひがんだ考えばかりが浮かんでくる。私は、来年で、四十歳になる。妻の文子は、まだ二十八だ。結婚したての頃は、私自身にも、自分の若さに対する自信があり、一まわりも違う年齢のことも、別に、気にならなかったが、四十の声を聞くと、文子の若さが、ひどく、気になってくるのだ。四十歳にふさわしい地位や、金があれば、その方で、自信も湧《わ》くのだろうが、私には、財産らしいものはないし、会社では、課長補佐の椅子《いす》しか与えられていない。自慢できる地位ではなかった。

文子は、私に、不満を持ち始めたのではなかろうか。文子は、美しい。結婚したての頃は、ただ、可愛《かわい》らしいとしか感じなかったが、最近になって、急に、美しさが開花した感じだった。その美しさに、ふさわしいものを、求めているのではないのか。

文子が、この頃、自動車の写真を、よく眺めているのを、私は、知っている。自分の美しさを飾るために、ぴかぴか光る車が欲しいというわけなのだろう。だが、私の安月給では、車どころではない。

電話でさえ、やっと、一年前に、引いて貰《もら》ったぐらいである。

文子が、私に不満を持っていることは、私も気付いている。だが、私には、彼女を満足させてやれる力がない。文子は、次第に、私から離れて行くのではあるまいか。病気になると余計、そんな暗い気持になってくるのである。

私が、寝返りをうった時、電話のベルが鳴った。

2

電話は、隣の部屋で鳴っている。文子は、まだ美容院から帰って来ていない。

私は、仕方なしに、寝床から起き上がった。頭は相変らず、ずきずき痛む。咽喉《のど》が、かわくのは、熱があるせいだろう。足が、ふらついた。

私は、受話器を摑《つか》み、「もしもし」と、いおうとしたが、咽喉がかわいていて、声にならなかった。

「文子だね」

と、男の声が、いった。いかにも親し気ないい方だった。

私は、息をのんだ。聞いたことのない声だった。一体、誰なのか。

「文子なんだろう？　どうしたんだ？　ええ？」

男が、電話の向うで、笑った。

「この間のことで、怒ってるのか、ふてくされるなよ。機嫌を直してくれよ」

「何番へ、おかけですか？」

私は、低い声で、いった。声が、のどにからんだ。

「えッ」

と、相手は、驚いたように、訊《き》き返してから、急に、電話を切ってしまった。

私は、受話器を摑んだまま、呆然《ぼうぜん》と立ち尽くしていた。頭の痛みも、咽喉のかわきも忘れていた。

矢張り、文子には、男がいたのだ。恐らく、今頃は、私が、会社に行っているものと考えて、安心して、電話をかけて来たのだろう。いや、今日だけではあるまい。電話を引いて以来、今の男は、この電話を使って、文子と甘い囁《ささや》きを交わしてきたに違いない。

時間がたつにつれて、嫉妬《しっと》が、私を苦しめ始めた。妻の文子に問い質《ただ》したところで、彼女は、電話を、かけ違えたのよと、いうに決まっている。文子は、私を馬鹿にしている。そんなに疑うのなら、別れてあげるわぐらいのことは、いいかねない。

私は、文子を、失いたくない。別れられない。この手の中に、文子を摑んでおきたいのだ。

私は、電話の男のことを、妻にいわないことにした。知らぬ顔をして、あの男が誰であるかを調べ上げ、その上で、妻から引き離さなければならない。文子を、私の腕の中に引き止めておくには、他に方法がなかった。

(だが、どうやって、電話の男の正体を掴んだらいいのだろうか?)

最初に考えたのは、探偵社に頼んで、文子を監視して貰うことだった。探偵に、文子を尾行させれば、逢《あ》い引きの現場を掴むことが出来るかも知れないし、男の正体を掴むことも出来るかも知れない。他に上手な方法は、なさそうだったが、私は、どうも気が進まなかった。万一、探偵を雇ったことを、妻に知られたら、それで、何もかも終りになってしまうからだ。妻は腹を立て、私に離婚を迫るに違いない。そして、私は、彼女を失ってしまう。文子を失うくらいなら、浮気を黙認した方が、いいくらいだ。

私は、探偵を雇うことを諦《あきら》めた。だが、電話の男の正体は、知りたい。知って、妻から引き離したかった。

3

次の日には、頭痛は治っていた。だが、私は、文子に、今日も頭痛がするから、会社を休むと、いった。

今日も、あの男から電話が、かかって来るような気がしたからだ。昨日の電話では、文子と、口喧嘩《くちげんか》でもしたらしい。とすれば、よりを戻したいと思っている筈《はず》だ。今日、電話が、かかってくる可能性が強かった。

文子は、「そう」と、頷《うなず》いただけだった。私を、疑っている様子はなかった。それとも、疑うだけの愛情は、持てなくなったということなのだろうか。

午後になると、私は、落ち着かなくなった。昨日、男から電話があったのは、確か、二時頃だったからである。あの男と、文子との間には、電話をかける時間についても、打合せが出来ているのかも知れない。もし、そうだとしたら、今日も、二時頃に、あの男から電話が、かかってくるだろう。

その時、文子が出たら、彼女は、私に聞かれるのを恐れて、すぐ、電話を切ってしまうだろう。それでは、私が、会社を休んだことが、無駄になってしまう。

あの男の電話には、私が出たかった。相手は、昨日のように、あわてて切るかも知れない。その公算が大きい。だが、ひょっとして、何かの拍子《ひようし》で、あの男の片鱗《へんりん》が摑めるかも知れない。期待は出来なかったが、私は、何としてでも、相手が、どんな男なのかを知りたかった。そいつに、決闘を挑むためではない。そんな勇気は、私にはない。私は、ただ、文子を、失いたくないだけなのだ。相手の名前が判《わか》ったら、そいつの前に土下座してでも、文子から離れてくれるように、頼むつもりだった。

二時近くなると、私は、文子を呼んだ。

「すまないが、リンゴを、買って来てくれないか」

と、私は、妻に、いった。

「どうしても、急に食べたくなってしまったんだ」

文子は、ちらッと、時計に眼をやった。私は、わざと時計から、眼をそらしていた。

「いいわ」

と、文子は、いった。

「ついでに、夕食の買物もしてくるから、一寸《ちょっと》、遅くなるけど、それでもいい?」

「いいさ」

私は、頷いた。その方が、都合が良かった。マーケットは、可成《かな》り遠い。夕食の買物も済ませてくるとすれば、一時間は、かかる筈だ。その間に、あの男から電話が、かかってくればいいのだが。

文子が、買物に出てしまうと、私と、電話の睨《にら》めっこが始った。

二時一寸前に、電話が鳴った。私は、受話器に飛びついたが、耳に飛び込んできたのは、女の声だった。

「この間、お伺いした××ミシンの者ですけど――」

と、女は、いう。私が、いない時に、ミシンの勧誘にでも来た女なのだろう。私が、妻が留守で判らないといっても、なかなか電話を切ろうとしなかった。

「この間、お伺いしました時は、奥様が、考えておくとのことでしたけど、旦那《だんな》様からも、おすすめ頂《いただ》けませんでしょうか。私共のミシンは、五つの新しい機構を備えておりまして、その上、お買上げ頂ければ、お宅の古いミシンは、五千円で、お引き取り致すことになっております。それに――」

女の話は、だらだらと続く。私は、いらいらしてきた。あの男から、電話がかかってくるかも知れないのだ。電話が塞《ふさが》っていたら、相手は、かけてくるのを止《や》めてしまうかも知れない。

「判りましたよ」

と、私は、いった。

「じゃあ、お求め頂けるんですか？」

「買います。明日にでも、訪ねてきて下さい」

それだけいって、私は、電話を切った。

また、重苦しい電話との睨み合いが始った。二時になったが、電話は鳴らない。私は緊張から逃れるために、煙草に火をつけた。

一本目の煙草を吸い終った時、電話が鳴った。私は、手を伸ばして、受話器を掴んだ。

「俺《おれ》だよ」

と、男の声がいった。

(あの男だ)

私は、自分の顔が、こわばるのを感じた。受話器を持つ手が、微《かす》かに震えた。

「昨日は、たまげたよ。いきなり男の声で、何番におかけですかと、きやがるんだからな。おい。聞いてるのか?」

「――――」

私は、黙っていた。返事をしたら、いっぺんだ、相手は電話を切ってしまうだろう。だが、黙っていても、相手は、用心して、切ってしまうかも知れない。

相手は、切る代りに、

「判ったよ」

と、いった。沈黙を、別の意味に、勝手に解釈したらしい。

「まだ、あのことを怒ってるんだな」

「――」

「確かに、俺が悪かったさ。だから、仲直りしたいんだ。明日、多摩川《たまがわ》で、会わないか。あそこなら、人目につかないから、ゆっくり会える。京王《けいおう》線の京王多摩川で降りて、少し歩くと、ダムがあるんだ。そこで、二時に待ってる。きっと来てくれよ。来ないと恨《うら》むぜ」

それだけいうと、男は、電話を切ってしまった。

（京王多摩川に二時か――）

私は、ぼんやりと、男のいった言葉を、頭の中で、繰り返していた。

男の、ぞんざいな言葉遣いから見て、文子との仲は、相当、深いと考えなければならないようだった。勿論《もちろん》、肉体関係も、あるのだろう。返事を待たずに電話を切ってしまったのも、男の方で、文子が必ず来るという自信があるからではないのか。

私は、机の引出しから、東京都区分地図を取り出して、三多摩《さんたま》の頁《ページ》を開いた。京王線の、京王多摩川駅は、すぐ見つかった。近くに、映画の撮影所と、競輪場があるらしい。だが、平面図からでは、男が待っているという場所の具体的な光景は、浮かんでは来なかった。

三時頃になって、文子は、買物から戻って来た。私の枕元で、リンゴをむきながら、

「私に電話が、かかって来なかった?」

と、訊いた。

「××ミシンの勧誘員から、かかってきた。明日、くるそうだ」

「他には?」

「なかったよ」

と、私は、いった。

4

翌日、私は、出社するといって、家を出た。が、勿論、会社には行かなかった。途中で、公衆電話ボックスに入り、まだ頭痛が続いているので、今日も休ませて欲しいと、会社に電話した。

その足で、私は、銀行に廻《まわ》った。私の預金が、十万ばかりある。酒や煙草を節約して、やっと貯《た》めたへそくりだった。自分の楽しみに使いたくて貯めたのではない。二、三十万にでもなったら、中古車でも買って、文子に贈ろうと思っていたのだ。中古車で、彼女が我慢するかどうかは、自信はなかったが。

私は、その金を、全部、おろした。男に、その金を渡して、文子から手を引いて貰うつもりである。

私は、その金をポケットに入れて、新宿から京王線に乗った。

ウィークデーの、それも、出勤時間を、とうに過ぎているせいで、電車は、がらがらだった。私は、座席に腰を下ろして、気持を落ち着けようとした。

(きっと、相手の男にしても、文子にしても一時の火遊びなのだ)

私は、そう考えようと努めた。頼めば、きっと判ってくれる筈だ。十万の金で、きれいに手を引いてくれるに決まっている。

しかし、一方では、暗い不安が、私を怯《おび》えさせた。相手の男も、文子も、真剣なのかも知れない。人目のない場所で会いたいと、いったのは、そこへ、文子を呼び出して、駈《か》け落ちの相談でもする気なのではあるまいか。そんな想像も、私の頭に浮かんでくる。

もし、この想像が当っていたら、十万ぐらいの金では、相手は、文子から、手を引いてはくれないだろう。いや、金では、解決できないかも知れない。

(そうなったら、どうすればいいのか？)

私は、電車に揺られながら考え続けたが、答は、見つからなかった。私に判っているのは、どんなことをしても、文子を失いたくないということだけだった。

京王多摩川駅に着いたのは、一時少し過ぎだった。行楽シーズンや、夏場だったら、客の多い駅だろうに、今日は、がらんとしている。

降りて、すぐ右に、「京王遊園」と書かれた小さな植物園があったが、そこにも、人の姿は見えなかった。

私は、河原に通じる道を、歩いて行った。道の両側には、行楽客目当の食堂や、釣具店などが並んでいたが、どの店も、がらんとして、店番をしている娘は、寒そうに、肩をすくませていた。誰も、私を見ようとはしなかった。

河原に出ると、風が冷たかった。水が少ない河原は、石ころと、雑草だけが眼についた。人影も見えず、荒涼とした光景だった。時々、白茶けた土煙が舞い上がった。

私は、土手の上を、ダムの方向に歩いて行った。時折、砂利を満載したダンプが、土《つち》埃《ぼこり》を巻き上げて、通り過ぎるだけで、依然として、人の姿は見当らなかった。北風の吹く河原に、寒さに震えにくる物好きは、いないのだろう。

ダムまでは、可成りの距離があった。しかし、灰色のコンクリートが、眼に入ると、ダムを落下する水の轟音《ごうおん》も、同時に、耳に飛び込んで来た。

私は、土手の上に立ち止まって、河原一杯に、細長く伸びたダムを眺めた。ダムという より、堰《せき》という言葉の方が、ふさわしい感じだった。いったん、せき止められてから、放出される水が、白い煙のように空中に、しぶきを上げている。

私は、男の姿を探したが、見つからなかった。何処《どこ》かに、隠れて、文子を待っているのだろうか。それとも、まだ、来ていないのか。

腕時計を見ると、まだ、二時にはなっていない。私は、二時を過ぎるのを待って、土手を降りて行った。土手の上から見ると、低く、小さく見えたダムも、近づくと、巨大なコンクリートの柱と、壁であった。放出される水の轟音が、耳に痛かった。

コンクリートの柱は、六本ばかり並んでいた。その周囲には、暗い陰と、日溜《ひだま》りが、出来ていた。男は、恐らく、その六本の柱の、何処かの陰にでも隠れて、文子を待っているのだろう。

私は、一つ一つ、柱の周囲を探して歩いた。三本目の柱のうしろに廻った時、私は、そこに、男が、腰を下ろして、水面を眺めているのを見つけた。

5

屈《かが》んでいるので、背の大きさは判らなかった。男のいる場所が、暗い日陰のせいか、顔は、ひどく青白く見えた。

その男が、電話の男かどうか、私には判らなかった。しかし、他には、人影は見えなかったし、こんな所で、水を眺めているというのも、訝《いぶか》しかった。それに、考えごとをするのに、ふさわしい場所とも思えなかった。

私は、暫くの間、その男を眺めていた。電話の男かどうか、自信がなかったし、どう声をかけてよいか判らなかったからでもある。

男が急に立ち上がった。立つと、想像以上に背の高い男だった。革ジャンパーの襟元から、白いマフラーが覗《のぞ》いている。年齢は、よく判らなかった。しかし、私よりは、若い筈だ。身体《からだ》全体に、しなやかさが覗いている。

「俺に何か用かね？」

と、男が、いった。

(あの男の声だ)

と、思った。間違いない。電話の声の男だった。

私は、息をのみ、それから、心を落ち着けて、

「僕は、文子の夫だ」

と、いった。

「成る程《なるほど》」

と、男がいった。それが、男の返事だった。驚いた様子も見えない。私には、それが不思議だった。女を待っている所へ、いきなり、その夫が現われたのだ。狼狽《ろうばい》するのが、当り前ではないか。窮鼠《きゅうそ》猫《ねこ》をかむの調子でもいいし、逃げ出すでもいいが、狼狽の色が出るのが普通ではないだろうか。

それなのに、この男は、平然としている。私には、わけが判らなかった。まるで、私が此処《ここ》に来ることを予期していたような顔付きではないか。

「僕は、文子の夫だ」

私は同じ言葉を繰り返した。ひょっとすると、さっきの私の言葉が、聞こえなかったのかも知れないと、思ったからである。それでなければ、あんなに平然としていられる筈がないと考えたからでもある。しかし、男は、にやッと笑っただけだった。

「それは、さっき、聞きましたよ」

と、男は、いった。

「それで、俺に何の用だね?」

「お願いだ」

と、私はいった。

「文子から、手を引いて貰いたい」

「何のことか、よく判らんね」

「判ってる筈だ。僕を、じらさないでくれ。君が、文子を好きなのも判る。あいつは、男を引きつける魅力を持っている女だ。だから、君が好きになったことも判る。だが、僕は文子の夫だ。それに、文子のいない人生なんか考えられないほど、あいつに参ってるんだ。お願いだ。僕から、文子を、取りあげないでくれ。文子から、手を引いてくれ」

「それで――」

男は、コンクリートの柱に背をもたせかけ、腕を組んで、私を見た。口元に、薄笑いが浮かんでいた。その顔がひどく冷酷に見えた。まるで、今更、じたばたしても、文子は私から離れて行くと、宣言しているような顔に見えた。

「金で解決できるんなら、金は出す」

私は、内ポケットから、銀行でおろしてきた十万円の札束を取り出して、男に見せた。

「十万円だ」

と、私はいった。

「三年間かかって貯めた金なんだ。これを、全部君にやる。だから、文子のことは諦めてくれ。文子から手を引いてくれ。文子から離れてくれ」

「十万円ねえ」

男は、小鼻《こばな》に皺《しわ》を寄せて、私を見た。口元には、相変らず、笑いが浮かんでいた。

「不満なのか？」

「十万円で、何が買えるかね？　中古車だって、まともなものは買えやしねえ。そうじゃありませんか？」

「十万円で駄目なら、この腕時計も、あげる」

私は、腕にはめてあった時計を、はずして、十万円の札束と一緒に、男の前に置いた。

「その腕時計は、国産だが、一万二千円で買ったものだ。古道具屋に売っても、五千円にはなる筈だ。それと、十万円で、納得してくれ」

「十万五千円ねえ」

男は、札束と、腕時計を手に取って、また笑った。

「そんなに呉《く》れたがるんなら、頂いときましょう。あんたって、面白《おもしろ》い人だな。この世智辛《せちがら》い世の中に、金を貰ってくれって、押しつけるんだからな」

男が、札束と腕時計を、ジャンパーのポケットに納めるのを見て、私は、ほっとした。相手の男が、私のいうことを、聞いてくれたと思ったからだ。

「助かった」

と、私は、努めて、相手に微笑を見せながらいった。

「判って貰えたんだね。文子から、手を引いてくれるんだね?」

「いや」

男は、首を横にふった。私は、狼狽した。

「僕のいうことを、聞いてくれないのか? 文子から手を引いてくれないのか?」

「駄目だね」

「それなら、何故《なぜ》、金を受けとったんだ? 腕時計を、ポケットに、しまったんだ?」

「あんたが、受け取ってくれって、しつこくいうからさ。あのままにしといたら、風に吹き飛ばされて、水に落っこちまうからな。だから、受けとってやったんだ」

「それだけじゃ、不足なんだな?」

「さあね」

「金が、もっと欲しいんなら、何とかして作る。あと、いくら欲しいんだ?」

「課長補佐のあんたに、一体、いくらの金が出来るというんだね?」

男が、また笑った。私が、課長補佐であることは、文子が、教えたのだろう。それを教える時の、文子の軽蔑《けいべつ》の籠《こも》った眼を、私は、想像することが出来た。だが、その文子を、私は、失いたくないのだ。

「家を売って、金を作る。その金を全部、君にやる」

「あははは」

と、男は、声に出して笑った。

「あの家は、借家の筈だよ。借家を誰に売るっていうんだ？　ええ？」

「ボーナスを全部君にやる。だから、僕のいうことを聞いてくれ」

「ボーナスも、課長補佐じゃあ、たいした額じゃないだろう。俺が、百万欲しいっていったら、それだけの金を、俺に、払えるのかい？」

「百万？」

6

私に、今すぐ百万の金が都合つく筈がなかった。親戚《しんせき》や知人に頼み廻ったところで、二十万の金も出来ないだろう。ボーナスだって、十万ぐらいのものだ。十年貯めなければ、百万にはならない。

「どうしたんだい？」

男が、からかうように、私を見た。

「百万と聞いて、気が転倒したのかね？」

「何とかして作る。だから——」

「何年かかって作るつもりだね、十年かい？　二十年かい？」

男は、私の気持を、見すかしたように、いった。

「俺は、そんなに、気の長い男じゃないぜ。たった今、百万欲しいんだ。この手に、百万の金を載せてくれたら、あんたのいう通り、文子から、手を引いてやろうじゃないか。どうだい？」

「無茶だ」

私は、男を睨んだ。

「この僕に、百万の金が、右から左に都合がつく筈がないじゃないか」

「ところが、あんたに、その金が、出来るんだよ」

男がいった。私は、眼を剝《む》いた。この男は、何をいってるんだ？

「あんたなら、百万の金が、出来るといったんだぜ」

男が、また、いった。

「僕に、強盗でもして、百万の金を作れというのか？」

「そんなことを、いってやしねえさ。それに、あんたに、強盗できるだけの度胸があるかい？」

「――――」

「あるはずがないやな。やっとこさ課長補佐の椅子《いす》にありついて、後生大事に、それにしがみついてるんだからな」

その通りだった。

私には、そんな度胸はない。もし、それだけの度胸があったら、こんな男に、文子から手を引いてくれなどと、懇願はしないだろう。会った途端《とたん》に、相手を、思い切り殴りつけていた筈だ。

「俺がいうのは、そんなことじゃない。臆病者《おくびょうもの》のあんたにも、楽に、百万の金が出来る方法だよ」

「そんな、手品みたいな方法があるわけがない」

「ところがあるんだな」

「どんなことをしたら、僕に百万の金が出来るんだ」

「簡単さ。あんたが死ねばいいんだよ」

「――――」

「聞こえなかったのかね？　もう一度、いってやろうか。あんたが死ねばいいんだ。簡単じゃないか。どんな臆病な人間にだって、出来る方法だぜ」

「――」

「あんたには、二百万の生命保険が掛ってる。忘れたのかね。受けとるのは、文子だ。半分は、俺のふところに、転がりこんでくる。どうだね。簡単じゃないか」

「文子が、君に、僕を殺せと、頼んだのか？」

「やっと、判ったようだね。それでいい」

男は、指を、ぱちんと鳴らした。

が、その音は、河水の音に消されて、私には、聞こえなかった。

私は、呆然《ぼうぜん》として、男の顔を眺めていた。本当に、文子は、そんなことを、この男に頼んだのだろうか。文子は、それほど、私を嫌っていたのだろうか。

「信じられない――」

「女は怖いぜ」

と、男は、笑いながら、首をすくめて見せた。

「文子が、俺に頼んだのさ。あんたを、消してくれってね。あんたが死ねば、二百万入る。それを、二人で、山分けしようってわけさ」

「それじゃあ――？」

「そうさ。あんたが、ここへ来ることだって、最初から、計画してたことなんだ」

「畜生《ちくしょう》ッ」

「あんたも、頭の回転が鈍《にぶ》いね。それが命取りになったってわけさ」

男は、ゆっくり、ジャンパーのチャックを開け、ふところから、鈍く光るピストルを取り出した。

「動くなよ」

と、男が、いった。

「動くと、何発も撃たなきゃならねえ。それだけ、あんたも苦しむことになる。動かないでいてくれたら、一発で、あの世へ送ってやるよ」

「僕を殺したって、すぐ、警察に捕まっちまうぞ」

「いや、捕まらんね」

男は、ピストルを、私に向けたまま、いった。

「あんたは、此処《ここ》へ来ることを、誰にも、いってない。違うかね？　文子は、警察に訊かれても、何故、あんたが、こんな場所へ行ったか知らんというだろう。それに、誰も、あんたが死ぬところを見る者もない。季節外れの、吹きっさらしの河原に、誰が来るものか。そうだろうがね」

「――」

「大声で、助けを呼んでも無駄だ。この水音に消されちまう。それに、ピストルの音もね」

「しかし、僕が殺されれば、文子に関係していた貴様《きさま》が、当然、疑われるんだぞ」

「いや、それも、違うね」

男は、平然として、いった。

「俺と文子との関係は、警察にだって、判らねえさ」

「だが、僕が会社へ行ってる間に、何度も電話をかけた筈だ。警察が調べれば、そんなことは、すぐ判ってしまうぞ」

「あんたは、余程の、まぬけだな」

男が、笑った。

「俺が、あんたのところへ電話したのは、二回だけなんだぜ。どうして、電話から足がつくんだ?」

「二回?」

「そうさ。昨日と、一昨日の二回だけさ。もっとも、しょっちゅう電話してるように、あんたに思いこませるには、苦労したがね」

「じゃあ、僕がいると知ってて、電話して来たんだな?」

「そうさ。俺と文子は、電話が引けたときから、この計画を、練ってたんだ。そして、あんたが、会社を休むのを待ってたんだ。ところが、律儀者《りちぎもの》のあんたは、無遅刻、無欠勤だ。いい加減、頭に来たぜ。そしたら、一昨日、やっと、頭痛がするといって、会社を休んだ。チャンスさ。そこで、文子が、美容院へ行くといって、外へ出て、俺に連絡したんだ」

「――――」

「俺が芝居の電話をかけた。案の定、あんたは、引っかかって来た。翌日も、あんたは、会社を休むといい、午後になると、文子を、追い出した。文子も俺も、大喜びだったよ。もし、あんたが、文子を買物に行かせなかったら、俺も、困ったがね。俺は、電話をかけると、一人で喋《しやべ》りまくって、電話を切った。そうすれば、あんたが、のこのこやってくると思ったからさ。思った通り、あんたは来た。俺に殺されにね」

「――――」

私は、言葉を失っていた。自分の馬鹿さ加減に、腹が立ってならなかった。あの電話が、私を誘い出す罠《わな》だと、どうして気付かなかったのだろうか。

7

考えてみれば、最初から、訝《おか》しかったのだ。

最初の、男の電話は、まだいい。二度目の電話が罠だと、何故、気付かなかったのだろうか。前日、女の夫が電話に出たというのに、翌日の、しかも同じ時刻に、電話をかけるような不用心な情夫が、どこにいるだろうか。しかも、相手が黙っているというのに、逢い引きの場所や時刻まで、べらべら喋って、返事も聞かずに、電話を切ってしまうような間抜けな情夫が。

たとえ、相手が、仲違《なかたが》いの芝居をしてみせたとしても、気付くべきだった筈なのだ。

それなのに、私は、まんまと、欺《だま》されてしまった。確かに、この男がいうように、私は間抜けだ。馬鹿な人間だ。

(文子が、私を、間抜けの、お人好しにしたのだ)

と、私は思った。文子を失いたくないと、そればかり思いつめていたから、こんな見えすいた罠にはまり込んでしまったのだ。そんなことも、この男と文子は、計算していたのではないのか。

急に、文子に対する憎しみが、私の胸に湧《わ》き上がってきた。私の、文子に対する愛と、執着は、薄紙が、はがれるように、消えていった。自分でも、不思議なくらいだった。彼女を憎むことが出来るなんて、私は、考えてみたこともなかったのだ。

「相談がある」

と、私は、男にいった。

「文子は、君にやる。これから帰って、すぐ離婚の手続きをとる。君が、あいつを欲しいんなら、そのあとで、結婚したらいい。だから、僕を助けてくれ」

「駄目だね」

男は、冷たい声でいった。

「一銭の金もなしに、文子と一緒になったって仕方がねえんだ。俺にも文子にも、二百万の金が必要なのさ。そのためには、あんたに死んで貰うより仕方がねえんだ。あんたにはお気の毒だがね」

「助けてくれ」

「駄目だよ」

男は、一歩私に近づくと、ピストルの銃口を、私の胸にあてた。

「動くなよ。動くと、あんたが、苦しむことになるんだからな」

男は、引金にかけた指に、力を籠《こ》めた。

私は、思わず、眼を閉じた。が、爆発音が聞こえないし、身体に痛みも感じない。私は、眼を開けた。私の眼に、狼狽《ろうばい》した男の顔が映った。男は、引金をひいたが、何故か、弾丸が飛び出さなかったのだ。ピストルが故障していたのだ。

助かったと思った瞬間、私は、死に物ぐるいになった。狼狽している相手に、自分の身体を、ぶつけていった。

相手は、私より若いし、背も高い。普通だったら、苦もなく弾《はじ》き返されていただろう。だが、男は、ピストルが発射されないことで、あわてふためいていたし、私も必死だった。

男の大きな身体は、悲鳴をあげて、ダムの下に、落ちて行った。男の身体は、忽《たちま》ち、落下する奔流の水煙が、かくしてしまった。私は、コンクリートの上に腹這《はらば》いになって、男の姿を探した。が、見つからなかった。

(死んだのだろうか――)

死んだかも知れない。助かったという安堵《あんど》と、一人の男を殺してしまったという恐ろしさが、私の胸の中で、交錯した。助かったが、今度は、私が、殺人犯になってしまったのだ。気の弱い私に、逃げ廻る才覚もない。すぐ警察に捕まってしまうだろう。

（何もかも、あいつのせいだ）

私は、改めて、妻に対して、憎しみを感じた。絶望が、憎しみを深くさせた。どうせ、警察に捕まるのなら、文子を殺してやる。あいつは、殺されるのが、当然の女なのだ。

決心がつくと、私は、駅に向って駈け出していた。

8

私は、勝手口から、家に入った。台所にあった果物ナイフを摑んで、座敷に上がった。

文子は、炬燵《こたつ》に入って、テレビを見ていた。私が、背後に廻ると、気配で気付いたとみえて、ふり返った。その時の妻の顔は見ものだった。

阿呆《あほう》のように、口を開けて、私を見ているのだ。まるで、幽霊でも見ているような顔付きだった。

「僕が死ぬものと、決めていたのかね？」

私は、皮肉を籠めて、いってやった。

「君には悪いが、生きて帰って来たよ。計画通りにいかなくて、お気の毒だね」

「何のことをいってるのか判らないわ」

文子は、かすれた声でいった。顔が真っ青だ。私は、笑った。

「芝居は、もう終りだよ。僕は、君を殺す。そのために、戻って来たんだ。覚悟するんだね」

私は、果物ナイフを構えた。文子は、逃げようとして、炬燵に足を取られて、畳の上に引っくり返った。

「助けて頂戴《ちょうだい》」

と、文子は、倒れたまま、私を見上げて、いった。

「私が、悪かったわ。悪い女だったわ。謝るわ。これからは、いい奥さんになるわ。だから、助けて頂戴」

「遅過ぎたよ」と、私はいった。

「もっと早く、その言葉を聞きたかった。だが、もう遅い。遅すぎたよ」

「いいこと。私を殺せば、あんたは、殺人犯になるのよ。警察に捕まって、刑務所へ入れられるのよ」

文子は、今度は、脅かすようにいった。私は、首を横にふった。

「怖くないの？　殺人犯になるのよ」

「判ってるさ。どうせ、僕は、警察に捕まるんだ。君を殺さなくてもね」

「じゃあ、村山《むらやま》を殺したのね？」

「村山？　あの男は、村山というのか。いかにも、僕は、あいつを殺した。僕は、もう殺人犯なんだ」

「だけど、一人より二人殺せば、罪はもっと重くなるわよ」

「そうかも知れん。だが、僕がこのまま警察に捕まったら、君という女が、のうのうと、生き続けることになる。それが、僕には、我慢がならないんだ。一番罰を受けなければならない女が、何の罪にもならないということがね。だから、僕が、その罰を与えてやるのさ」

「助けて——」

文子は、顔を醜《みにく》く引きつらせて、私を拝《おが》んだ。

（こんな情けない女だったのか）

私は、改めて、眼が覚める思いがした。こんな女のために、私は、命がけで働いて来たのか。だが、殺してやりたいという気持は、変らなかった。

「死ぬんだ」

私は、乾いた声でいい、ナイフの先を、文子の胸に近づけた。

その時、電話が鳴った。

私は、無視しようとした。が、電話は、喧《やかま》しく、鳴り続けている。私は、片方の手で、受話器を摑んだ。その耳に、いきなり、あの男の声が飛び込んできた。

「奴《やつ》は生きてるぞ。お前を殺しに行くかも知れないから用心しろよ」と、あの男は、喘《あえ》ぐように、いった。

(あいつは、生きてたんだ。死ななかったのだ)

そう思った途端《とたん》、張りつめていた気持が、急に、ゆるんできた。文子を殺す気持も消えていた。私は、殺人犯ではないのだ。そうなら、こんな下《くだ》らない女を殺して、刑務所に入ることはない。希望通り、別れてやる。あの男と一緒になればいいのだ。

考えてみれば、あの男のせいで、命を落しそこなったが、おかげで、文子が、どんなにつまらない女であるかも判った。何の未練もなく別れられるのも、あの男のせいかも知れない。

「君に礼がいいたくなったよ。村山君」

と、私は、受話器に向って、いった。

「君のおかげで、眼がさめたからね」

「あッ」と、電話の向うで、男が叫び声を上げた。それは、一昨日のような、芝居ではなかった。私は、電話を切ると、手に持っていた果物ナイフを、屑籠《くずかご》の中に放《ほう》り投げた。

「君を助けてやる」

と、私は、まだ、青ざめて震えている文子に、いった。

「だから、僕の前から、消えてしまってくれ」

優しい死神

1

その豪華マンションは、遠くから見ると、西洋の城に似ていた。

それが、新しく建ったこのマンションの売物でもあった。

〈あなたは、城主になった気分になれます〉

と、宣伝パンフレットには書いてあった。ただし、この気分になるためには、一億円から一億五千万円の大金が必要だった。

不景気な世の中といわれているが、金というやつは、あるところにはあるらしい。週刊誌が取材にやって来て、「まるで、ビバリー・ヒルズの別荘のような設備のある部屋」という、わかったような、わからないような部屋が、一つ、すぐ買い手がついたのである。

マンションの建築主は、最初の買い手の名前を伏せておこうとしたが、週刊誌の記者連中は、たちまち、その名前を調べあげてしまった。

所得番付で、三年連続上位を占めた土地成金が、二十七歳になる一人娘のために買い与えたのである。

その娘の名前は、土田昭子《つちだあきこ》。週刊日々《にちにち》の記者加倉井《かくらい》は、女性カメラマンの小沢京子《おざわきようこ》を連れて、さっそく、この女性を取材に出かけた。

「コスモポリタン・コーポ」と、大げさな名前をつけたこの馬鹿高いマンションは、駒沢《こまざわ》公園の近くにあった。

広い敷地に、ゆったりと建つ六階建ての白いビルは、中央に広い中庭を持ち、そこには、プール、テニスコートなどが完備していた。土田昭子が買った部屋は、最上階の六階だった。

５ＬＤＫの部屋には、もちろん、諸設備が完備している。彫刻をほどこした中世風の扉に溜息《ためいき》をつきながら、京子がベルを鳴らすと、しばらく待たされてから、背の高い、ややや、きつい感じの顔立ちの女が、シャンパングラスを片手に持って、扉を開けてくれた。

ライトグリーンのドレスの胸に、いかにも高そうな真珠《しんじゅ》のブローチが光っている。

「どなた？」

と、土田昭子は、いくらか酔いの回った顔で、二人を見た。

加倉井は、名刺を差し出した。

「この豪華なマンションの主が、どんな素晴らしい女性か、取材させて頂《いただ》きたいのですが」

「そう。どうぞ」

昭子は、二人を招じ入れた。分厚いじゅうたんが、加倉井と京子の足の裏をくすぐった。

緑色で統一された居間に、若い男がいて、ソファに腰を下ろしていたのが、あわてて立ち上がった。

「ご紹介するわ」と、昭子が、加倉井に向っていった。

「ご存知かも知れないけど、テレビタレントの藤原《ふじわら》功《いさお》さん」

「やあ」

と、加倉井は、青年に向って笑って見せた。

まだ、ほとんど無名に近いが、百八十センチ、七十五キロ、柔道二段の逞《たくま》しい肉体を買われて、最近、刑事役でブラウン管に出て来ているのを、加倉井は知っていた。

藤原の方も、加倉井を見て、照れたように、ニヤッと笑った。

「テラスへ行きましょうか？」

と、昭子は、加倉井と京子を、夕闇《ゆうやみ》のたちはじめたテラスに誘った。

広いテラスには、さまざまな鉢植えの木が、ところせましと並べられていた。

その緑の匂《にお》いに、むせそうだった。

テラスのテーブルに向い合って腰を下ろしてから、

「そのうちに、このテラス一杯に、蔓《つる》でも這《は》わせようと思って」

と、昭子は、キラリと光る眼でいってから、

「功ちゃん。お二人に、何かカクテルでも作ってあげて」

と、大きな声でいった。

「緑がお好きですのね？」

京子が、水銀灯に光る南洋植物の厚い葉に眼をやりながら、きいた。

「ええ。緑は好きよ。生きかえったような気がしてくるわ」

「最初に、ここに住まわれた感想はいかがでしたか？」

加倉井が、当り障《さわ》りのない質問をした。

「悪くないわ。それに、あたしがここを買ってから、ばたばたと、いくつか部屋が売れたようよ」

彼女のいう通り、いくつかの部屋に、明りがついていた。

藤原功が、カクテルを作って運んで来た。

「あとで、プールで泳がない？」

と、昭子が、藤原に声をかける。その声のかけ方は、命令的だった。

「そりゃあ、いいですけど、水着を持って来てないんで」

「裸で泳ぎゃあいいじゃないの。気持がいいわよ。何もつけないで泳ぐのは」

昭子は、クスクス笑って、藤原を見た。

2

加倉井と京子は、「コスモポリタン・コーポ」を出た。

初夏の夜風が、カクテルの酔いでほてった頬《ほお》に心地良い。

「あの人の部屋、何か変な匂いがしなかった？」

と、車に戻ってから、京子がいった。

加倉井は、運転席に腰をおろし、残っている酔いをさますように窓を開けた。

「壁のペンキの匂いじゃないか。新しいマンションだから匂うんだよ」

「でも、あたしには、ペンキの匂いとは違うような気がしたわ。もっと嫌な、変な匂いよ。それに、あたしが、写真を撮《と》りたいから、部屋を全部見せて欲しいと頼んだけど、奥の部屋は、とうとう見せてくれなかったわ。そのいいぐさが、プライバシーを守りたいからですって」

「どうも、君は、あの女に反感を持っちまったらしいね」

と、加倉井が笑うと、京子は、ふうッと溜息《ためいき》をついてから、

「正直にいって、あたしには、好きになれないタイプね。億万長者の一人娘なら、もっとお上品で、おっとりしているかと思ったら、変に傲慢《ごうまん》で、生ぐさい感じなんだもの」

「億万長者といったって、土地成金だよ。狐《きつね》や蛇《へび》の出るような山をいくつも持っているだけの話さ。その娘だから、野性的なんだろう」

「野性的といえば聞こえはいいけど、洗練されていないのよ。そのくせ、これから絵を描いて過ごしたいなんていってたわ。部屋にカンバスがあったけど、どんな絵を描く気なのかしら？　あんたが、モデルでも志願したらどう？　この頃、男性ヌードが流行《はや》ってるそうだから」

「モデルなら、もう、あの藤原功がいるよ」

「でも、あの子、テレビで刑事をやってるんでしょう。それが、土田昭子の前で、あんなにだらしがなくちゃあ、イメージが狂っちゃうわ」

「男だって、金に弱いものさ。それに、君がいったように、あの女は不思議な魅力を持っている。端役《はやく》の若い男で、自分の肉体の魅力だけが頼りだったら、それをフルに利用するのも、別に悪いことじゃないと思うね」

「それなら、あんたも、やってみたら？」

「君には秘密を打ちあけるんだが、実は、昨日ウエストを測《はか》ったら、八十センチになっちまってるんだ。これじゃあ、とうてい、藤原君とは張り合えないさ」

加倉井は、煙草をくわえてから、

「さて、社にご帰還といくか。今夜中に、あのお姫様のことを記事にしなきゃならないからね」

「飲酒運転で捕まるのは嫌よ」

「大丈夫だよ。例の風船をふくらますテストだけどね。たとえ酒を飲んでいても、二・五以下だと酒酔い運転にならないのさ。もう二・〇ぐらいには、下がっている筈《はず》だよ」

加倉井は、車をゆっくりスタートさせた。

百メートルも走らせた時、あの、パトカーのサイレンの音が聞こえた。
二、三台のパトカーが、こちらに向って突進してくる気配だ。
「ほら、来たわよ」

京子が、顔色を変えた。

「よしてくれよ。おれは、スピード違反もしてないし、車がふらふらしてた筈もないぜ」

それでも、加倉井は、車を道の端に止めた。その横を、パトカーが一台、二台と、猛烈な勢いで、「コスモポリタン・コーポ」の方向へ走り去って行った。

「引き返すんだ」

と、加倉井は、叫んだ。

「あのお城で、何か事件が起きたらしいぞ」

加倉井は、猛烈な勢いで、車をUターンさせた。

3

照明で明るく照らし出されたプール・サイドに、全裸の若い男が、うつぶせに横たえられていた。

ひと目見て、藤原功とわかった。ずぶぬれの死体だった。

警官の他に、五、六人の男女が、蒼《あお》ざめた顔で、死体を見下ろしている。この城の住人で、中に、水着姿の女性の姿も見えた。

鑑識の車が到着し、鑑識医が、死体を仰向けにして、屈《かが》み込んだ。

むき出しになった藤原の局部に、三十二、三歳の水着の女が、あわてて両手で顔を蔽《おお》った。

加倉井は、ちらりと京子を見たが、こちらは、職業柄、さすがに平気な顔をしている。

「心臓麻痺《まひ》ですか?」

と、パトカーの警官が、医者にきいている。

長身の医者は、屈み込んだまま、首を横に振った。

「違うね。くびにうっ血の痕《あと》がある。強い力でくびを絞められたんだ。心臓麻痺でも溺死《できし》でもなく、これは殺人だよ」

小さなどよめきが、プール・サイドの人々の間に起きた。

加倉井は、京子の脇腹《わきばら》を突ついた。

「すぐ、六階へ行こう」

「写真を撮りたいわ」

「死体写真は、週刊誌にのせられないよ」

「でも、現場の写真を撮っておきたいわ。高級マンションの殺人事件なら、ニュースになるわ」

「だから、警察より先に、六階へ行くんだ」

「なぜ?」

「あの土田昭子だよ。彼女の姿が見えないじゃないか。知らずにいるんなら、教えてやって、反応を記事にするんだ」

「あッ」

と、京子はいい、二人は、エレベーターに向って駈《か》け出した。

エレベーターで、六階へ上り、土田昭子の部屋を激しくノックした。

いっこうに返事がなかった。

加倉井の顔色が変った。

(ひょっとすると、彼女も、藤原功と同じように殺されてしまっているのではあるまいか?)

そんな思いが、一瞬、彼の頭をかすめたのだ。

何しろ、彼女は、億万長者の娘だ。金だって、宝石類だって持っているだろう。それを狙《ねら》った強盗が、まず、ガード役の藤原を殺し、次に土田昭子を殺して、ということだって考えられなくはないのだ。

加倉井は、思い切って、扉のノブを回してみた。

扉が開いた。

こんな時、推理小説だと、たいてい床の上に死体が転がっているものだが、広い居間に飛び込んでみると、深々としたソファに、昭子が、バスタオルにくるまって、長々と寝そべり、とろんとした眼で、加倉井と京子を見た。傍《そば》のテーブルには、シャンパングラスと、びんが置いてあった。

「どうなさったの？」

と、昭子は、ソファに寝そべったまま、二人に向って、きいた。酔っているのか、相変らず、とろんとした眼つきだった。

「ご存知ないんですか？」

と、加倉井が、きき返した。

「何が？」

「階下《した》の騒ぎです。藤原君のことです」

「あの子がどうかしたの？　さっき一緒にプールで泳いでて、あたしは、先に部屋に戻ったんだけど」

「死んでいるところを発見されたんですよ。警察が、今、来ていますよ」

「へえ」

昭子は、のろのろと、ソファの上に起きあがると、テーブルの上のグラスに手を伸ばした。

「おかしいわねえ。プールの水は、温かかったから、心臓麻痺《まひ》を起こす筈はないし……」

「心臓麻痺じゃありません。殺されていたんですよ。くびを絞められて」

「殺されて――」

　昭子は、グラスを口に運んだ。

「なぜ、殺されたのかしら?」

「あなたに心当りはないんですか?」

「ないわ。あたしは、今もいったように、先に、部屋に戻っていたんだから」

「あなたと、藤原君が泳いでいた時、プールに、他に誰かいましたか?」

「いいえ。あたしたち二人だけだったわ。夜のプールで、二人だけで泳ぐのって、気持のいいものね。素敵だったわ。ええと、あなたの名前、何ていったかしら?」

「週刊日々の加倉井です」

「加倉井さんね。今度、一人で遊びにいらっしゃいな。待ってるわよ」

「ありがとうございます」

　と、加倉井が礼をいうのへ、京子が、怒った顔で、脇腹を突ついた。

4

「何よ。あの女」

と、エレベーターをおりたところで、京子が、口をとがらせた。

「おれを誘ったんで、嫉《や》いてくれてるのかい?」

「うぬぼれないで。あたしが腹を立ててるのは、自分の恋人が殺されたっていうのに、平気な顔で、シャンパンを飲んで、あんたを誘う、あの女の無神経さなのよ」

「金持ちの娘なんて、あんなものさ。それに、藤原という青年は、彼女にとって、ヒマ潰《つぶ》しの相手ぐらいのところじゃなかったのかな。だから、死んだと聞いても、平気なんだろう」

「でも、ついさっきまで一緒にいた相手なのよ。ひょっとして、彼女が殺したんじゃないのかしら?」

「よしてくれよ。殺された青年は、スポーツ万能で、柔道二段の猛者《もさ》だぜ。彼女に、くびを絞めて殺せる筈がないじゃないか。第一、動機がないよ。これが逆なら、金か財産目当てということも考えられるけどねえ」

二人が、プール・サイドに戻ると、藤原の死体は、車で運ばれて行くところだった。

刑事たちが、エレベーターの方へ歩いて行く。土田昭子に事情を聞きに行ったのだろう。

さっきの水着姿の女は、バスローブを羽おり、寒そうな顔をして、中年の男と自分たちの部屋に戻りかけていた。それを、加倉井は、呼び止めた。

加倉井が、二人に社名入りの名刺を渡すと、男の方が、プールの照明にすかすように見てから、

「私は、小倉正一郎《おぐらしょういちろう》といって、団体役員をやっています。こちらは、家内の文枝《ふみえ》です」

と、いった。

精悍《せいかん》な顔をした男だったが、バスタオルにくるまって、蒼い顔をしているところをみると、寒いのだろうか。それとも、死体を見て、気分を悪くしたのだろうか。

「死体を発見されたのは、あなた方ですね？」

加倉井がきくと、小倉は、妻と顔を見合わせてから、

「ええ。そうです」

「その時の事情を話してくれませんか」

「警察にも話したんですがねえ。私と家内は五日前に、ここへ越して来たんです。田園《でんえん》調布《ちょうふ》の家を売りましてね。私も、家内も、水泳が好きでしてね。ただ、今日は、どうも寒そうなので、泳ぐ気はなかったんですよ。ところが、テラスで、夕食をとっていたら、誰かが泳いでいるような水音がしたんです。それで、下を見たら、泳いでいる人がいるんですよ」

「泳いでいたのは、二人でしたか?」

「ええ。二人でしたね」

「それから、どうなさったんですか?」

「じゃあ、私たちも泳ごうじゃないかということになりましてね。夕食をすませてから、水着に着がえて家内と一緒にプールへおりたんです」

「その間、どのくらいの時間がありました?」

「二、三十分くらいでしょうな。プール・サイドへ出てみたら、もう誰も泳いどらんのですよ。さっきの二人は、もう、部屋に戻ってしまったんだなと思いながら、家内とプールに入ったんですが、水が冷たくて、ちょっと泳いで、すぐ、あがってしまいました」

「ちょっと待ってください。水は冷たかったんですか?」

「ええ。まだ、泳ぐには、早過ぎますな」

「奥さんは、いかがですか? 女の方は、あまり冷たく感じなかったんじゃないんですか?」

「いいえ。あたしも冷たくて、すぐあがってしまいました」

と、小倉文枝も、夫と同じことをいった。

「それから、どうなすったんですか?」

「部屋に戻って、バスにでも入って、身体《からだ》をあたためようと思いましてね」と、小倉が、いった。

「部屋に戻りかけた時、家内が、プールの反対側の隅に、人間が浮いてるって指さしたんですよ。丁度《ちょうど》、照明のかげになっていたんで、それまで気がつかなかったんですな。私は、すぐ、管理人を呼びましたよ。若い男が、真っ裸で浮いているんで、家内を離れたところに待たせて、私と管理人で引きあげたんです。ここの管理人は、戦争中、衛生兵の経験があるとかで、心臓に耳を当てたり、脈を診《み》てましたが、これは、死んでるというんですよ。それで、一一〇番したんですが、殺されたなんて、思いもしませんでしたよ。てっきり、水が冷たかったんで、心臓麻痺を起こしたんだろうと思ったんですがねえ」

「あの青年を、ご存知でしたか？」

「とんでもない。初めて見る男ですよ。何者なんですか？　あの青年は」

「テレビタレントです。まだ、あまり売れていませんがね。土田昭子さんは、ご存知ですか？」

「このマンションの最初の住人でしょう。土地成金の一人娘だということぐらいですかねえ、知ってることは。顔をちらっと見たことはあるが、口をきいたことは、まだありませんな」

「奥さんはいかがです？」

「あたしも、まだですわ」

と、小倉文枝もいった。

小倉夫婦が、自分たちの部屋に戻ってしまったあと、加倉井は、プール・サイドに膝《ひざ》をつき、片手を水に入れてみた。

冷たかった。

京子も、カメラを置いて、手を水に浸《つ》けてから、

「冷たいわ」

と、いった。

「変だな」と、加倉井は、首をかしげた。

「なぜ、土田昭子は、プールの水は温かかったから、藤原功が、心臓麻痺を起こす筈がないなんていったんだろう？」

5

翌日の新聞の社会面に、かなり大きいスペースで、この事件は、のっていた。

加倉井は、１ＤＫの狭いマンションで、トーストをかじりながら、新聞記事を読んだ。

新聞が、これだけ大きくのせたのは、殺された藤原功が、テレビタレントだということもあるが、それ以上に、一億円以上という豪華マンションのプールでの殺人事件のためのようだった。

土田昭子のことも出ていたが、Ａ子さん（二十七歳）と仮名になっている。

〈――Ａ子さんの証言によると、二人で十分ほど泳いだあと、彼女だけ先に戻り、シャンパンを飲んでいた。藤原さんは、その間、何者かに殺されたらしい。発見者の小倉夫妻をはじめ、『コスモポリタン・コーポ』の住人には、殺人の動機を持つ者が見当らず、当局は、外部犯人説に傾いている〉

新聞の記事は、そんなふうになっていた。どうやら、警察は、あのマンションを狙って、盗みに入った人間がいたと考えているらしい。その犯人が、丁度、プールから上がった藤原に見つかってしまった。見つかった犯人の方は、藤原に襲いかかり、絞殺してからプールへ突き落として逃げた。そんなことらしい。

妥当《だとう》な考え方だと、加倉井も思った。冷蔵庫から取り出した牛乳を飲んだ。

(冷たくて美味《うま》い)

と、思ってから、また、昨夜のことを思い出した。

プールの水は、冷たかった、と、改めて思い出した。水温は二十度ぐらいのものだったのではあるまいか。それに、外気も暑くはなかった。風は涼しいくらいだった。昨夜、あの水温のプールで五分も泳いだら、唇が紫色になってしまうだろう。藤原が、どのくらい泳いでいたのかわからないが、土田昭子に付き合えたのは、二十三歳という若さのせいだろう。

そこまではわかる。だが、なぜ、土田昭子は、つまらない嘘《うそ》をついたのだろうか。

(どうもわからないな)

首をひねってから、答えが見つからないままに、加倉井は、出社のために、立ち上がった。

パックの中の残りの牛乳を歩きながら飲み干し、そのまま、入口わきの屑籠《くずかご》に放《ほう》り投げてから、部屋を出た。いつもの通りというわけである。独《ひと》り者の気安さか、独り者のわびしさか、彼自身にもわからない。

社に出ると、昨夜の原稿に手を入れ、現像された京子の写真と一緒に印刷所に回した。

土田昭子には好意的な記事にしたつもりであったし、彼女に迷惑をかけてはいけないので、殺人事件のことは、あっさりと付け加えるにとどめておいた。

それきり、土田昭子のことを忘れた。というのは、正確ではない。妙な魅力のある億万長者の一人娘のことは、時々、思い出していたのだが、あとからあとから追いかけてくる新しい仕事に走り回らされて、あの豪華なマンションを訪ねることもなく、彼女に会うこともなく、二週間が過ぎたというのが正確だった。

七月に入って、梅雨《つゆ》も末期症状を見せはじめ、時々、豪雨に襲われるかと思うと、次の日は、眼もくらむような夏の太陽が、かあッと照りつけることが多くなった。

加倉井が、久しぶりに、ヒマになった日も、雨の翌日で、暑い日だった。

起きたのが、昼近かった。カーテン越しに、ぎらつく陽差《ひざ》しが、部屋一杯に射《さ》し込み、加倉井は、ベッドから起きあがると、あわてて、クーラーのスイッチを入れた。

それから、冷蔵庫を開けて、昨日の食べ残しの西瓜《すいか》を取り出して、かぶりついた。

とたんに、電話が鳴った。

べとついた指先を、ランニングシャツで拭《ふ》いてから受話器をつかんだ。

「すぐ来てよ」

という京子の声が、いきなり飛び込んできた。

「よしてくれよ。今日一日は、編集長に、ゆっくり休めといわれてるんだぜ。それに、今、起きたばかりのところなんだ。せめて、仕事は、夕方になって、涼しくなってからに願いたいね」

「じゃあ、今朝の新聞は見てないのね」

「見てませんよ。テレビもね。今日一日は、活字からも、ブラウン管からも解放されてね。幸い天気もいいから、どこかのホテルの豪華プールへでも行って、可愛《かわい》い女の子のビキニ姿でも見ようと思っているのさ」

「じゃあ、丁度いいわ」

「何がだい?」

「例のコスモポリタン・コーポのプールに、すぐ来て頂戴《ちょうだい》。あたしも、そこへ行ってるから」

「あのプールで泳ごうってのかい?」

「泳いでもいいけど、その前に、もう一度、あの西洋のお城のようなマンションのことと、土田昭子の談話をとって頂戴。これは、編集長の命令よ」

「また、何かあったのか?」

「新聞とってるんでしょう?　じゃあ、待ってるわ」

せわしなく、京子は、電話を切ってしまった。

加倉井は、部屋の入口へ行き、差し込まれたままになっていた朝刊を引きずり出した。ベッドに寝転んで、新聞を広げた。社会面を広げたとたんに、
〈また、豪華マンションのプールで、全裸の男が死亡〉
の見出しの文字が、眼に突き刺ってきた。
あわてて、記事の方に眼を移した。
〈昨夜十一時頃、雨が小止《こや》みになったので、管理人の鈴木徳蔵《すずきとくぞう》さん（五十七歳）が、庭内の見回りに出たところ、プールの隅に、全裸の男が浮かんでいるのを発見し、あわてて一一九番した。
救急車が駈けつけたが、男はすでに死んでいた。警察が来て調べたところ、この男の人は、同マンションの住人で、団体役員の小倉正一郎さん（四十歳）だとわかった。なぜ、小倉さんが、全裸でプールにいたのか不明だが、くびを絞められたと思われる痕跡《こんせき》もあり、何者かに殺されたあと、全裸にされて、プールに投げ込まれたことも考えられ――〉
そこまで読むと、加倉井は、クーラーを止めて、部屋を飛び出した。その頭に、なぜ

か、シャンパングラスを持ち、妖《あや》しげな眼つきで自分を見つめていた土田昭子の白い顔が浮かんだ。

6

プールの周囲は、真夏の太陽が照りつけ、水面が、きらきら光っていた。

小倉正一郎の死体は、もちろん、もうそこにはなかった。マスコミ関係者らしい数人の男女が、写真を撮ったり、管理人の鈴木徳蔵をプールの傍に連れて来て、話を聞いたりしていた。

京子は、すでにプールの傍へ来て、写真を撮っていた。加倉井を見ると、

「遅いわねえ」

と、文句をいった。

「これでも、早く来たつもりだがね」

加倉井は煙草をくわえて、プールの水面をのぞき込んだ。

底がブルーに塗ってあるので、美しくブルーの水に見える。ここに、二つも死体が浮かんでいたなどとは、どうしても信じられないが、加倉井も、その中《うち》の一つは、この眼で見

ているのだ。

「あの団体役員さんも、真っ裸で死んでいたそうだね」

「今年は、男の人が、裸で泳ぐのが、はやるのかしらね」

と、京子は、笑っている。

「泳ぐ？　小倉正一郎も、裸で泳いでたというのかい？」

「他に、どう考えようがあるの？」

「新聞には、誰かが、殺したあと、裸にして、プールに放り込んだみたいに書いてあったがね」

「そうだけど、よく考えてみてよ。もし、強盗が入って、殺したとしても、なぜ、真っ裸にして、プールに投げ込む必要があるのよ？」

「おれに聞いても答えられないよ」と、加倉井は、笑ってから、

「奥さんの談話をとりたいね」

「奥さんは、今、警察で、事情聴取中だそうよ。昨日は、妹さんの結婚式で、実家の広島へ帰っていたんですって」

「よく知っているね」

「さっきは、ここから電話したの。あたしは、一時間前に来て、管理人さんに、いろいろ

と聞いたわけ。あんたのやる仕事を、あたしが、やってあげたのよ」

「ありがとうよ。ついでに聞くんだけど、殺された小倉正一郎の部屋には、昨夜、泥棒が入った形跡でもあるのかい？」

「警察が来て、管理人さんと一緒に調べたときは、扉に錠《じよう》がおりていたし、マスター・キーで中に入ってみても、部屋の中が荒らされた様子はなかったんですって。だから、あたしが、泳いでて、殺されたんじゃないかって、いったのよ」

「海水パンツもはかずにかい？」

「前に死んだ藤原功のマネをして、泳いでみたんじゃないのかしら？　裸で泳いだら、どんな気持かと思って」

「小倉正一郎は四十男だよ」

「でも、中年って、時々、若者のマネをしたくなるんじゃないの？」

「なぜ、おれを見るんだい？　おれは、まだ三十二だぜ」

「三十二はもう中年よ」

ときどき、京子は、ひどいことをいう。

加倉井は、苦笑してから、

「それにさ、昨日は、すごい雨が降っていたじゃないか。管理人は、雨が小止《こや》みになったんで、見回りに出て、プールに浮かんでいる死体を発見したと書いてあったぜ。今日みたいなら、夜、裸で泳ぐ気になるかも知れないが、昨夜みたいな土砂降りの時に、泳ぐ気になるかね。それに、昨日は、すごく寒かったよ」

と、昨夜、夜中に起きて、夏ぶとんの上から、毛布を一枚余計にかけ直したのを思い出した。

「じゃあ、どう解釈したらいいの？　部屋は、どうも泥棒が入った形跡はないんだし――」

「全然、別のところで殺されたんじゃないのかな。団体役員というのが、どういう仕事なのかくわしくわからないが――」

「総会屋だって」

「へえ。それなら、敵だって多かった筈だ。例えば、どこかの事務所で殺されたとするのさ。犯人は、死体の始末を考える。そこで、相手がプールつきのマンションに住んでいたのを思い出し、犯人は、車で死体をここまで運んでから、裸にしてプールへ投げ込んだ」

「なぜ、そんな面倒臭いことをするのよ？」

「犯行現場をかくすためさ」

「それなら別にここへ運ばなくたって、どこかの山か川へ投げ捨てておけばいいじゃないの」

「じゃあ、犯人は、小倉正一郎が、裸で泳いでいて溺死したように見せかけたかったんじゃないのかい？」

「駄目」

「冷たいねえ」

「解剖すれば、溺死か絞殺かすぐわかってしまうわ。別のプールで溺死させておいて、ここへ運んだというのならわかるけど、絞殺しておいてじゃあ、辻褄《つじつま》が合わないわ」

「じゃあ、名探偵小沢京子さんの推理は、どうなんだい？」

「そういわれると困るんだけど、あたしは、やっぱり、小倉正一郎が裸で泳いでいて——」

京子の話す言葉が、途中から、加倉井の耳を素通りしはじめた。

ふと見上げた彼の視線の中に、六階のテラスから、じっとプール・サイドを見下ろしている土田昭子の顔が入ったからだった。

土田昭子は、テラスのふちに頬杖《ほおづえ》をつき、あの、きらきら光る眼で、こちらを見下ろしていた。燃えるような眼だなと、思った。

（藤原功は、彼女と一緒に、夜、このプールで泳いでいて、ひとりになったあと、何者かに絞殺された。今度の事件もよく似ているが、まさか、また、彼女と――？）

「ねえ、聞いてるの？」

ふいに、耳に、京子の声が飛び込んできて、加倉井は、現実に引き戻された。

「もう一度、土田昭子に会ってみないか？」

「なぜ？　彼女に？」

「事件の感想を聞くのさ。何といっても、同じマンションの住人だし、話題の女性だからね」

「それに、魅力的な女だし、でしょう？」

7

土田昭子は、相変らず、シャンパングラスを片手に、二人を迎えた。

「あたしの感想を聞きたいですって？」

「ええ」

「なぜ？」

昭子は、酔った眼で、加倉井を見、京子を見た。

「別に深い意味はありませんが、殺された小倉さんに、同じマンションの住人として、何か感想はないかと思いましてね」

「別に感想はないわ。ただ、死体が運ばれるとき、ちらっと見たんだけど、幸せそうな顔をしてたわよ」

「幸せそうな？――ですか」

「そう」

と、頷《うなず》いた。が、それきりで、昭子は、興味を失った眼になった。

「あなた、確か、加倉井さんだったわね？」

「ええ」

「今度、一人で遊びにいらっしゃいな」

「その中《うち》に、伺うつもりですが、死んだ小倉さんの顔が、幸せそうに見えたというのは、本当ですか？」

「あたしには、そう見えたといっただけよ」

「質問を一つしていいでしょうか？」

横から京子が口をはさんだ。

「何なの？」

うるさそうに、昭子は京子を見た。

「この壁の緑が、前に来た時より、濃くなってるような気がするんですけど、重ね塗りしたんですの？」

京子が、居間の壁に眼をやった。そういわれれば、加倉井にも、壁の緑が、前よりも濃くなっているような気がした。だが、昭子は、

「そんなことないわ」

と、そっけなくいっただけだった。

「昨夜は、下のプールへ行かれませんでしたか？」

加倉井がきくと、昭子は、ふいに、ニッと笑った。

「あたしが、なぜ、あの雨の中を泳ぎにおりて行かなければいけないの？」

「泳ぐのがお好きなようだから、ひょっとして、と思っただけです。死んだ小倉さんと話をなさったことは？」

「ないわ」

にべもない答が返ってきた。

ほとんど、何の収穫もなく、二人は、部屋を出たが、エレベーターに乗ってから、京子が、

「やっぱり、彼女の部屋は、変な匂いがするわ」

と、眉《まゆ》をひそめていった。

「あんたは、このマンションが新しいからだといったけど、絶対違うわ。だって、廊下なんか、別に何の匂いもないもの。それに、壁の緑色のペンキの匂いでもないわ。あれは、ペンキの匂いとは違うもの」

「わかっているよ」

「じゃあ、今度はあんたも認めたのね？」

「ああ。確かに、土田昭子の部屋には、妙な匂いがしたよ。彼女が、わきがが強いのかと思ったんだが、あれは、わきがの匂いとも違うな。もっと生ぐさいような、妙な匂いだった」

「気味が悪いわ、あの人。あんたには、好意を持ってるようだけど」

(確かに、気味の悪いところもあるが、同時に、奇妙な魅力のある女性でもある)

と、加倉井は、思っていた。特に、あの眼に、何か妖しい魅力が感じられてならなかった。

きらきら光っている時も魅力的だが、シャンパンに酔い、とろんとした眼つきの時も、奇妙に、加倉井は、引かれるものを感じるのだ。

土田昭子に、妖しい魅力を感じるのは、自分だけなのだろうか？

そう考えてから、加倉井は、ふと、今度殺された小倉正一郎も、同じ魅力を、昭子に感じていたのではあるまいかと思った。

昨日は、妻君の文枝が実家に帰って留守だった。

小倉は、妻君の留守をいいことに、日頃、気を引かれていた土田昭子の部屋へ遊びに出かけたのではあるまいか。

棟は別だが、廊下が通じているから濡《ぬ》れずに行ける。自分の部屋に鍵《かぎ》をかけ、出かけたとすれば、小倉の部屋が閉まっていた理由はわかる。

小倉は、土田昭子の部屋に入った。として、それからどうなったのだろうか？

藤原功が死んだ時と同じように、昭子と小倉は、プールで泳ぐことにしたのだろうか？

もしそうなら、小倉が水着をつけず、プールに浮かんでいた理由もわかる。まさか、自分の水着を持って、女の部屋を訪ねる男がいるとは思えないし、土田昭子は、どうやら裸で泳ぐのが好きらしいから、裸で泳ごうと誘われれば、夜、裸でプールで泳ぐことも十分に考えられる。

（だが）

昨夜は、大雨だったのだ。あんな雨の時に、泳ぎたがる人間がいるものだろうか。それに、泳いだと仮定しても、そのあと、小倉を殺したのは、いったい誰なのだろうか？　小倉は、藤原ほど若くはないが、それでも、女の土田昭子に殺せるほど弱い男とは思えないのだ。それに、小倉が彼女の部屋に行ったのだとすると、服や鍵は、どこにあるのか。昭子が、自分に疑いのかかるのを恐れて、捨ててしまったのか。

「何を考えてるの？」

と、京子が、変な顔をしてきいた。

8

事件の捜査は、いっこうに進展しないようだった。加倉井が、新聞で見る限り、犯人が捕まりそうな様子はなかった。

だが、いくつかわかったことは、新聞に発表された。

未亡人となった小倉文枝の証言によると、二つあった部屋の鍵《キー》の中《うち》、一つがなくなっていた。それに、小倉が気に入っていた夏服が一着消えているという。

解剖の結果も出た。やはり、死因は絞殺だった。強い力で、くびを絞められているという。小倉のくびは、太い方だった。それを絞殺するのだから、犯人は、よほど強い力の持主だろうという。

警察は、あのマンションの住人や管理人にも訊問《じんもん》したが、何も得られなかったらしい。

二つ続いた殺人事件、それも、被害者の男二人が、奇妙な死に方をしたために、折角《せっかく》の豪華マンションに、買い手がつかなくて、建設したT建設株式会社が弱っているという話も、新聞に出た。

小倉未亡人も、あの部屋を売りたいといい出して、買い手を探しているらしい。

半月後、加倉井は、仕事の合い間に、ひとりで、あのマンションに出かけてみた。

外見は、変っているようには見えなかった。だが、入口を入っても、まるで無人の城のように、人の気配が感じられなかった。管理人室をのぞくと、鈴木徳蔵が、すっかり老けたような、元気のない顔で、

「全然、買い手がつかないし、買った人も売りに出す有様《ありさま》で、まるで、お化け屋敷みたいなもんですよ」

と、溜息をついた。

「土田昭子さんは？」

「今、ここに残っているのは、あの人だけですよ。だから、あの人の城みたいなもんですな。一人でも住人がいる限り、管理人をやめるわけにもいきません。夜なんか、薄気味が

悪くて怖いんですが、私は、T建設の社長さんに恩義があるんで、やめられないんですよ」

「土田昭子さんは、どうしているんだい？」

「さあ。あの人はよくわからない人ですからねえ。いつも扉は閉まったままだし、何となく、薄気味悪いところもあるし――」

「プールは、どうしている？」

「一週間おきに、ちゃんと水を替えてますよ。土田さんが、泳ぐというもんですからね。ただ、妙なことに、昼間は、泳がないんですよ。泳ぐのは、夜だけ、それも、真っ裸で泳ぐらしいんです」

「見たのかい？」

「見ませんよ。それが礼儀ですからねえ」

管理人は、元兵隊らしく、律儀に、首を横にふった。

加倉井は、プール・サイドに出て、六階の土田昭子の部屋を見上げた。テラスが見えたが、白亜のテラスは、いつの間にか、緑色の蔓で蔽《おお》われてしまっていた。前に会った時、彼女は、テラスに蔓を這わせたいといってはいたが、それにしても、異常な早さで、蔓が伸びたものである。六階のテラスだけでなく、濃い緑の蔓は、五階あたりまで蔽っているのだ。

加倉井は、エレベーターで、彼女に会うために、六階へ上って行った。土田昭子の部屋が近づくにつれて、京子の眉をひそめさせた、あの得体の知れぬ、生臭い匂いがしてきた。前には、廊下にまでは、あの匂いは漂って来なかったのに、今は、廊下どころか、エレベーターの箱まで、かすかに匂っている。

扉についているベルを押した。

扉が細目に開いて、ライトグリーンのドレスを着た昭子の顔がのぞいた。あのきらきら光る眼で、じっと、加倉井を見つめて、

「やっと、来てくれたのね」

扉が大きく開かれ、加倉井は、中に招じ入れられた。

彼女の眼の輝きは、前より一層、強くなったような気がした。それに、唇も、前より赤くなったように見えた。

居間のソファに向い合って腰を下ろした。

壁の緑色は、また、前より濃くなっている。それは、明らかに、加倉井の眼の錯覚じゃない。

「この匂いは、いったい何ですか？」

加倉井は、広い居間を見回しながら、きいた。

「匂いって、何のこと？」

「変に生臭い匂いですよ。気がつかないんですか？」

「ええ。何にも」

土田昭子は、じっと、加倉井を見つめたまま、首を横にふった。

「どこから匂ってくるのかな？」

加倉井は、立ち上がり、奥の部屋へ歩いて行こうとすると、昭子は、いきなり、その前に立ちふさがった。

「駄目」

「なぜです？　見せてくれませんか。僕は、この匂いが気になって仕方がないんですよ」

「女性の寝室をのぞくもんじゃないわ。あたしが誘ったときは別だけど」

「奥は、寝室になっているんですか――」

頷いてから、加倉井は、おやっと、思った。眼の前に立っている昭子の背が、いやに高く見えたからだ。加倉井は、百七十五センチで、まあ平均的な日本男子より少し高い身長だろう。最初に、土田昭子に会ったとき、背の高い女だと思ったが、それでも、向い合った時、見下ろしていた筈なのだ。それなのに、今、彼は、彼女を、見上げるようにしている。

ハイヒールを履《は》いているのかなと思ったが、裾《すそ》の長いドレスから出ているのは、裸足《はだし》だった。

「貴女《あなた》は、誰なんです？」

と、加倉井は、ソファに戻ってから、昭子に向って、思い切ってきいた。

「誰って、あたしは、土田昭子よ。あたしの父が、このマンションを買ってくれたのよ」

「知っていますよ。興味があったので、調べましたからね。土田昭子は、北国の大地主の一人娘で、東京へ出たくて、この豪華マンションを、両親に買って貰った――」

「わかっているのなら、つまらないことを聞くことはないでしょう？」

「だが、土田昭子というのは、身長百五十四センチと小柄で、とても絵の好きな娘の筈なんだ。だが、貴女は、僕よりも背が高くなっているし、そこにあるカンバスには、何一つ、絵が描いてない」

「描く気が起きないだけのことよ」

「何を描きたいんです？」

「動物」

「おかしいな。土田昭子は、花を描くのが好きな筈なんだ。友だちの話によると、花以外は描かないという女性だそうですよ」

「そんなこと、どうでもいいじゃないの」

昭子は、光る眼で、加倉井を睨《にら》んだ。

陽《ひ》が落ちたらしく、部屋の中は、急激に暗くなっていく。その薄暗さの中で、昭子の眼が不気味に光っている。

ふと、彼女の赤い唇が笑った。

加倉井の背筋を冷たいものが走った。ソファから立ち上がろうとしたが、身体がすくんでしまって、動かない。

彼女が、ゆっくりと近づいて来る。あの生臭い匂いは、ますます強くなり、それは、今や、窒息するほどの強い匂いで、加倉井の身体を押し包んだ。

彼女の腕が伸びてきて、加倉井のくびに絡みついた。

加倉井は、必死になって、その腕を払いのけようとした。だが、ぬめぬめとした彼女の腕は、執拗《しつよう》に加倉井のくびにからみついてきて、離れなかった。

それに、人間業とは思えない凄《すさ》まじい力だった。

加倉井の意識が、急速に薄れて行く。

(藤原功と、小倉正一郎を殺したのは、やっぱり、この女だったんだ)

9

どこか、遠いところから自分の名前を呼ばれているような気がして、加倉井は、眼を開いた。

カメラを手に下げた京子が、心配そうに、のぞき込んでいるのが、ぼんやりとわかった。

意識は、少しずつ、はっきりしてきた。加倉井は、自分が、いぜんとして土田昭子の居間のソファに横になっていることに気がついた。しかし、明りはついていて、昭子の姿はなかった。

痛むくびに手をやると、精液のようなべとべとしたものが、べっとりと附着していた。

加倉井は、ハンカチを取り出して、ごしごし拭《ふ》き取ってから、

「彼女は？」

と、京子にきいた。

「逃げたわ。あたしが来た時、暗闇《くらやみ》の中で、何か得体の知れない怪物が、あんたを絞め殺そうとしているように見えたのよ。あんたは、悲鳴をあげてたわ。それで、あたしは、夢

中で、何回もフラッシュを焚《た》いたわ。他に、どうしようもなかったんだもの。警察を呼ぶ時間もなかったし。そしたら、逃げ出したのよ。テラスの方へ。あれが、土田昭子だったのか、それとも、得体の知れない怪物だったかどうか、あたしにもわからないわ」

京子は、声をふるわせた。

加倉井は、ふらつく足で立ち上がり、蔓で蔽われたテラスに出てみた。

いつの間にか、雨が降り出していた。蔓の葉が、雨に濡れて光っているだけで、何も見つからなかった。

加倉井を殺そうとした相手は、どこか、雨の降る闇の中へ消えてしまったのだ。

「あれは、本当の土田昭子だったの？」

と、京子がきいた。

「いや、彼女じゃない。おれたちが、最初にここへ来た時から、すでに、本当の土田昭子はいなかったんだと思うね」

「じゃあ、あれは、何だったの？」

「それを調べてみたいんだ」

加倉井は、濡れる手すりにつかまって、下を見下ろした。

雨滴が、小さな輪をいくつも作っているプールが、照明の中で、青ざめた色を見せている。

（あいつは、どこへ消えてしまったのだろうか？）

「君は、どうして、ここへ来たんだ？」

と、加倉井は、プールを見下ろしたまま、京子にきいた。

「今日、変なことを聞いたのよ」

「どんなことだい？」

「警察は黙ってたけど、二人の被害者の解剖をやった時、医者は、二人の血が、常人よりずっと薄いことに気がついていたんですって」

「つまり、血が足りなくなっていたということか」

「まあ、そうね。血が薄くなる病気はあるそうだけど、万人に一人の奇病だし、ここのプールで殺された二人が、揃《そろ》って、血が薄かったというのはおかしいじゃない？　それで、もう一度、調べてみろって、編集長にいわれたのよ。あんたに連絡したんだけど、電話に出ないから、あたし一人でと思って、やって来たわけよ。管理人に話を聞いてたら、あんたが、この部屋に上ったらしいと知って来てみたら――」

「君の話で、少しずつ、あいつのことがわかって来たよ」

「本当の土田昭子じゃなかったの？」

「おれたちが、最初に会った時から、あいつが、土田昭子になっていたんだろうな」

「じゃあ、あいつは、一体、何だったの?」

「そいつを調べてみよう」

と、加倉井は、テラスから居間に引き返した。

「部屋を全部、調べてみるんだ」

「前に取材に来た時、奥の部屋だけは、絶対に見せようとしなかったわね」

「その部屋に、あいつの秘密があるのかも知れない」

加倉井がいい、二人は、奥に向って、廊下を突き進んだ。

一つ一つ、部屋のドアを開けて、調べていく。どの部屋にも、あの、嫌な、生臭い匂いがした。もはや、それは疑いもなく、あいつの体臭だったのだ。だから、あいつが歩き回ったところは、どこも、この匂いが、しみ込んでいるに違いない。この棟のエレベーターが匂ったのもそのせいなのだ。

最後の部屋のドアには、錠が下りていた。

加倉井は、その錠を叩《たた》きこわし、ドアを開け、明りをつけた。

京子が小さな悲鳴をあげた。

自然の木目を生かした板を打ちつけてある部屋の壁に、巨大な蛇の脱《ぬ》け殻が、まだ生命のあるもののように、かたくへばりついていた。

めでたい奴

1

「金が欲しいな」

と、一人がいった。

金も女も欲しいと、もう一人が、いった。

二人とも、二十代半ばの若者である。金も女もと、欲ばったいい方をした方は、ひょろっと背の高い男で、狐のように、細い眼をしている。

剽悍《ひょうかん》な感じの青年である。

もう一人は、対照的に、背が低くて、太っている。顔も丸いし、眼も大きく丸かった。

こちらは、愛嬌《あいきょう》がある。

「腹がへった」

と、丸い方が、今度は、ひどく現実的なことを、いった。

「ああ、腹がへった」

と背の高い方も低い声を出した。

二人とも、元気のない顔になっている。

元気のないのは、顔付きだけではない。十二月の末だというのに、オーバーも着ていない。

「畜生《ちくしょう》ッ」

と、丸顔が、寒そうに、肩を震わせた。

曇っていて、風が、ひどく冷たい。丸顔は、手袋をしていない手を、こすり合わせた。

「ムショも不親切じゃねえか。なあ、もっと暖かくなってから出してくれりゃあ、いいんだ」

「ボヤクなよ」

背の高い青年は、一寸《ちよつと》笑って見せた。笑うと童顔になるのは、まだ若いせいだろう。

「向う様だって、都合があらあな。それに、もう少し入っていたいんなら、ケチなかっぱらいでもやれば、あと一年は、入っていられるぜ」

背高は、右手にある雑貨屋を指さした。

「あの店先にある石鹸《せつけん》をかっ払って逃げ出すんだ。そうすりゃあ、一年ぐらいは入っていられるぜ」

「かっ払っても気付かれなかったら、どうなるんだ？」

「大丈夫だ。俺《おれ》が、大声で、ドロボーと、怒鳴ってやる。やってみるか？」

「そうだな」

丸顔は、雑貨店の店先に並んでいる石鹸を眺めていたが、

「やめたよ」

と、肩をすくめた。

「娑婆《しゃば》に出ていりゃあ、何か、いいことにぶつかるかも知れないからな」

「だといいが」

背高は、ひとりごとみたいないい方をして瞑想《めいそう》するような顔付きになった。

「とにかく、腹ごしらえをしようじゃねえか」

丸顔が、現実的な声を出した。

「めしを喰《く》うぐらいの金はあるぜ」

「ああ、それから考えるか」

二人は左右を見廻《みまわ》した。

刑務所を出たばかりの場所である。こんなところには、食堂が矢鱈《やたら》多く、『差入れ承《うけたまわ》ります』の看板が出ている。

「ムショの塀が見えない店がいいな」

背高が、いった。

「あれを見ながら食べると、めしが不味《まず》くなる」

2

背の高い方の名前は、三木啓介《みきけいすけ》といった。芸名みたいだが、本名である。

丸顔は、安田千吉《やすだせんきち》という。この方は、何となく、チンピラやくざめいていて、ぴったりの感じがしないでもない。

幼い時からの知り合いというわけではない。

何となく知りあって、何となく一緒に悪いことをして、二年間、刑務所に、放《ほう》りこまれていた。そんな仲だった。お互いに、何処《どこ》で生まれたのか、どんな家で育ったのか、知りはしない。知っているのは、何となく、気が合うということだった。

啓介も千吉も、同じ二十四歳である。そんなところも、気が合う理由かも知れない。

だが、性質が違う。

丸顔の千吉は、乱暴だが、単純だった。いわゆる猪突猛進型《ちよとつもうしんがた》で、考えてから行動するというのは、苦手《にがて》な方である。

啓介は、冷静である。少なくとも、自分では、冷静な男のつもりでいる。

「俺は、インテリヤクザだ」

と、啓介が、千吉に、いったことがある。しかし、どんなふうに、インテリなのか、千吉は、まだ、判《わか》らせて貰《もら》えずに、いる。

二人は、小さな食堂で、カツ丼《どん》を食べた。

食べ終ってから、二人で、懐《ふところ》を勘定《かんじよう》してみた。両方合わせても、五千円に足りない。

「どうする？」

千吉は、相談するように、啓介の顔を見た。千吉は、考えるのは、苦手である。考える方は、二年前から、啓介に委《まか》せてしまっている。

「あと三日で、正月だぜ。とにかく、人並みに正月を迎えたいよ」

「いくらあれば、人並みな正月が迎えられると思う？」

「そうだなあ」

千吉は、丸い眼を宙に向けた。

「まとまった金が欲しいね。出来りゃあ、温泉にでも行って、正月を迎えたいよ。そうなると、最低十万ぐらいの金は欲しいな。多ければ多いほどいいが」

「十万か」

啓介は、難しい顔で、天井を見た。煤《すす》けた汚ない天井である。

「まともな仕事じゃ、金は出来ないな」

「一仕事やるか」

千吉は、勢い込んで、いった。いってから、周章《あわ》てて周囲を見廻したが、幸い、二人の他に、客の姿はなかった。

「やる以外に、金の入るあてはないが、仕事が、問題だな」

啓介は、相変らず、難しい顔でいう。

「師走《しわす》って奴《やつ》は、金も出まわってるかわりに、ポリ公も、張り切ってる時だ。下手《へた》な仕事をすると、忽《たちま》ち、ムショに逆戻りだぜ」

「だから、おめえの頭を頼りにしてるんじゃねえか。危なくなくて、金が、がっぽり入ってくる方法を考えてくれよ」

「安全で、大金が転がり込んでくる方法？　そんな上手《うめ》え話が、この世智辛《せちがら》い世の中にあるものか」

「考えろよ。インテリじゃねえか」

「インテリっていうのは、もともと金に縁がないものなんだ」

「そんなものかね」

「とにかく、ここを出てから、歩きながら考えようじゃないか」

啓介は、椅子《いす》から立ち上がった。

二人は、金を払って、食堂を出た。

外は、相変らず、寒い。通行人が薄着の二人を、うさん臭そうな眼付きで、眺めながら、通りすぎて行く。

千吉が、歩きながら、啓介の脇腹《わきばら》を、指で突いた。

「古着屋で、ジャンパーでも、買おうじゃねえか、こうジロジロ見られたんじゃ、仕事もできねえぜ」

「それもそうだな」

啓介も、先ほどから、寒さに参っていただけに、すぐ、賛成した。

二人は、古着屋に入って、安物のジャンパーを買った。が、それで、金は、あらかた無くなってしまった。

千吉は、ポケットに、手をつっ込んで、残った小銭を、ちゃらちゃらいわせながら、

「これじゃあ、今夜は、ドヤにも泊まれないぜ。だから、夜になるまでに、金が手に入る妙案を考えてくれよ」

「少し、黙っていられないのか」

啓介は、難しい顔で、いった。

「今、考えているんだ」

「しっかり、頼んまっせ」

と、千吉は、いってから、周章てて、口を押さえた。

時間がたち、街に、夕暮が近づいてきた。

「どうだね？」

千吉が、啓介の顔を覗《のぞ》き込む。が、啓介の難しい顔は、変らない。

また、時間が、流れた。

夜になると、風が吹き出して、寒さが、一層、厳しくなった。

「どうにかしてくれよ」

千吉は、情けなさそうな顔で、いった。

「まだ、妙案が、浮かばねえのか？」

「安全で、大金が、がっぽりなんて、棚ボタみたいな方法が、そんなに早く思いつけるもんか」

「ああ、どのくらいかかるんだ？」

「判らねえ」

「ちえッ」

千吉は、舌打ちした。

「とにかく、寒くて仕方がねえや。ここは、吹きっさらしだぜ」

千吉は、周囲を見廻していう。二人は、町外れの空地に、来ていた。

「そうだな、あの土管《どかん》の中にでも、もぐり込むか」

啓介が、いった。白っぽい土管が、夜の気配の中に、浮き出て見えた。

「やれやれ、今夜は、ルンペンの真似《まね》かい」

千吉は、吐き出すようにいったが、吹きっさらしの場所に立っているわけにもいかない。

二人は、もぞもぞと、土管の中に、もぐり込んだ。

どうやら、風だけは、防げそうだった。

二人は、土管の中で、膝《ひざ》をかかえた。

時間が、また、過ぎた。相変らず、寒い。

「ちえッ」

と、また、千吉が舌打ちした。

「インテリも、あてにならねえな。こんな土管の中にいたって、金は手に入らないぜ」

「うるさいな」

啓介が、低い声で、いった時だった。

うずくまっている二人の前に、どさッと、投げ込まれたものがある。

啓介が、驚いて、手に取った。

新聞包みである。

「マッチを点《つ》けてみろ」

と、啓介が、いった。

千吉が、不自由な恰好《かっこう》で、マッチをすった。

啓介が、その明りの中で、新聞包みを開いた。

「あッ」

と、千吉が、悲鳴みたいな声をあげた。

「札束だぜ。こりゃあ」

3

二人は、街灯の明りの下まで、すっ飛んで行って、改めて、中身を調べてみた。

「間違いねえや」

啓介が、蒼《あお》い顔で、いった。

「千円札ばかりだ。百万はある」

「そうだ。百万はある」

千吉も、震えた声で、いった。

「地から湧《わ》いたか、天から降ったか――」

と、千吉は、講釈師みたいな口調になって、いった。

「すげえものが、転がりこんで来たじゃねえか」

「これだけあれば、正月を温泉で、送れるぜ」

「ああ、お釣りがくらあ」

千吉は、にやッと笑って見せてから、

「やっぱり兄貴は、たいしたもんだ」

と、いった。千吉が、啓介を、兄貴と呼んだのは、これが最初だった。よほど、ご機嫌なのだ。

「兄貴は、あの土管に入れば、大金が転がりこんでくると、判ってたんじゃねえのか。流石《さすが》に、インテリだあ」

「そりゃあ、まあな」

啓介は、曖昧《あいまい》な顔で、いった。ひどく、擽《くすぐ》ったいのだ。

「しかし――」

啓介は、暫《しばら》くしてから、いった。

「まさか、ニセ札じゃないだろうな」

「ニセ札?」

千吉は、急に、うろたえた表情になった。

「ニセ札だったら、棚《たな》ボタどころか、手が後《うしろ》に廻っちまうじゃねえか」

「だったらの話だ。ためしに、一枚、使ってみようじゃねえか」

「大丈夫かな?」

「びくびくするなよ」

啓介は、千吉の肩を叩《たた》いた。

二人は、町の繁華街に足を向けた。まだ、大部分の店が、開いている。

啓介は、たばこ屋に行って、千円札を出してみた。店にいたのは、いかにもケチ臭そうな婆さんだったが、啓介の出した千円札を、ひねくり廻しながら、黙って、たばこと釣り銭をくれた。

「ニセ札じゃない」

啓介は、歩き出しながら、いった。

千吉は、口笛を吹いた。

「とにかく、俺たちは、金持ちになったんだ。もう土管に寝る必要はねえだろう?」

「当り前だ」

二人は、大きな旅館を探し出して、そこに泊まることにした。風体《ふうてい》が悪いので、最初は妙な眼で見られたが、札ビラを切ってみせると、途端《とたん》に、態度が変って、最上の部屋に通された。

暖房の利《き》いた部屋と、豪華な食事、それに酒に囲まれて、二人は、ご機嫌だった。

「まるで、夢みてえだ」

千吉が、いう。啓介は、杯を口に運びながら、

「判らねえな」

と、首をひねった。

「何が判らねえんだ、兄貴」

「俺は、こんな大金が転がりこんでくると、判ってて、あの土管に、もぐり込んだわけじゃねえ。土管の中で、思案にくれてたら、誰かが、放《ほう》り込んで行ったんだ」

「神さまかも知れねえぜ。神さまが、俺たちが、一文なしで困っているのを憐《あわ》れんでよ

——」

「馬鹿なことをいうなよ」

啓介は、苦笑した。

「俺にしろ、お前にしろ、一度でも神さまを拝《おが》んだことがあるか。どうも、俺は、この金は、盗まれた金のような気がするんだ」

「何故《なぜ》？」

「盗んだ奴が、ポリ公に追いかけられて、捕まりそうになって、仕方なしに、あの土管に放り込んだ物かも知れん」

「そうだとすると、俺たちは、悪党のうわまえをはねたってわけだな。こりゃあおもしれえや」

千吉は、けッけッけと、変な笑い方をした。

翌朝になって、啓介は、女中の持って来てくれた新聞を拡《ひろ》げると、隅《すみ》から隅まで、丹念に、眼を通した。

どこにも、百万円盗難の記事はない。

「判らねえな」

啓介は、新聞を拡げたまま、また首をひねった。何だか、千吉のいうように、神さまが呉《く》れた金のような気がして来た。

4

二人は、洋服屋に出かけて、服装をととのえた。

新調の背広に、オーバー。それに、コードバンの靴をはくと、馬子《まご》にも衣装で、チンピラには見えなくなった。

二人は、旅行代理店へ行った。温泉で、正月を送るためである。

しかし、「熱海《あたみ》か、伊東《いとう》で——」と、啓介がいうと、旅行代理店の社員は、

「とんでもない」

といった。

「何が、とんでもないんだ、金なら豚に喰《く》わせるほど、持ってるぜ」

「お金は、お持ちでしょうが、暮れから正月にかけて、地方の温泉旅館は、予約で、満員なのです」

「予約で満員?」

「申しわけございませんが」

「どうしても、温泉で正月を迎えたいんだがね」

「弱りましたな。辺鄙《へんぴ》な場所でよければ、まだ、あいているところもありますが」

「どうする？」

啓介が、千吉を見て訊《き》いた。千吉は、

「そこには、芸者は、いるのかな？」

と、千吉らしいことを訊く。

「さあ、温泉町でございますから、いるとは思いますが、保証は、いたしかねます」

と、社員が、いった。

「行こうじゃないか」

千吉は、啓介に、いった。

「芸者がいなけりゃ、宿の女中に、金を摑《つか》ませて、転んで貰えばいい」

これは、流石に、啓介の耳もとで、小さい声で、いった言葉である。

二人は、とにかく、その温泉に行くことにして、東京駅から列車に乗った。

旅行代理店の社員が教えてくれた場所は、伊豆《いず》であった。しかし、熱海、伊東、下田《しもだ》と
いったような、名の通った温泉ではない。

奥伊豆も奥伊豆、川端康成《かわばたやすなり》の「伊豆の踊子」の世界が、まだそのまま残っているような

場所だった。

一日四往復しかしないというバスを、終点で降りて、そこから、まだ一時間は、歩かなければならないという。

「ひでえところに、来たもんだ」

と、二人は、ぶつぶつ文句をいいながら、山道を歩いて行った。

鄙《ひな》びた景色が、美しい。が無風流な二人には、そんな景色は、眼に入らない。

「芸者は、いそうもねえな」

千吉が、がっかりしたように、いった。

「女中がいねえってことは、ないだろうが」

「案外、女中は婆さんばかりかも、知れねえぞ」

「脅《おど》かすなよ？」

千吉が、顔をしかめて見せた。

歩くにつれて、山は深くなった。益々《ますます》芸者に縁の切れてくる感じであった。

やがて、小川に面して、木造の旅館が見えた。

どうやら、旅館は、一軒だけらしい。「たつみ屋」という看板が掛っていた。

二人は、薄暗い入口から、中に入った。

出て来たのは、律儀《りちぎ》そうな番頭である。

「いらっしゃいませ」

と、いんぎんに頭を下げていう。

女中も出て来たが、白粉気《おしろいつけ》のない、三十二、三の女だった。

どこにも、はなやいだ匂《にお》いはない。二人は、その女中に、部屋に案内されながら、顔を見合わせた。

「何もないところですけど、お湯だけは、豊富でございますよ」

と、女中が、部屋に案内してからいう。

「芸者は、呼んで貰えないのかね？」

千吉が訊く。

「芸者でございますか」

「そうだ」

「一寸《ちょっと》、無理でございますね。呼ぶとすれば、下田からでございますんで、ここまでは、来てくれません」

「駄目なのか」

千吉は、がっかりした顔で、いった。

「その代り、お湯につかりながら、外を眺めておりますと、野猿を見ることが出来ますよ」

「ヤエン?」

「猿のことさ」

傍《そば》から、啓介が、いった。

「ちえッ。猿か」

と、千吉は、つまらなさそうな顔をした。

「俺たちの他に、客は?」

啓介が、訊く。

「離れに、一組、泊まっていらっしゃいます」

「離れがあるのか?」

「新婚さんや、アベックの方は、離れを、お好みになりますから」

「すると、その客は、女連れか」

千吉が、羨《うらや》ましそうに、いった。

「はい」

と、女中は頷《うなず》いた。

「とても、お綺麗《きれい》な、若い女の方ですよ。何でも、療養がてら、いらっしゃったとかで、いつも、床についていていらっしゃいますけど」

「なんだ、病人か」

「ええ。ですから、男の方が、傍に、つきっきりで」

「男は、若いのか?」

「ええ。三十歳ぐらいでしょうかしら。一寸苦《にが》み走った方ですわ」

「ふーん」

千吉は、鼻を鳴らした。

「ところで、あんたの他に、女中さんは?」

「おりません」

「いないのか?」

「はい」

「じゃあ、あんたでもいいや」

千吉は、女中の耳もとで、何やら囁《ささや》いた。

女中は、変な笑い方をしてから、小声で囁きかえして、すっと、部屋を出て行ってしまった。

「どうした?」

と、啓介が訊くと、千吉は、「面白《おもしろ》くもねえ」と、肩をすくめた。

「今夜、忍んで来ねえかって、誘ったのさ。金ならあるって、いったんだが」

「来るって、いったか?」

「いや。旦那《だんな》に叱《しか》られると、いいやがった。さっきの番頭が、旦《だん》つくだとよ」

「芸者はいない。女中も駄目だとすると、湯に入って、猿でも見るより仕方がねえな」

「けッ」

千吉は、眉《まゆ》をしかめた。

「こんなところにいたら、気が変になっちまわあ。明日になったら、東京に帰ろうじゃねえか」

「そうだな」

啓介も、憮然《ぶぜん》とした顔で、頷いた。

風呂《ふろ》に入り、夕食をすませてから、二人で、こたつに、入ったが、間が抜けたような顔を、見合わせるばかりだった。

酒を運ばせて、飲んだが、女がいない酒というのは、何となく間が抜けている。

「離れのアベックが羨ましいよ」

と、千吉が、いった。

「女の病気だって、男が可愛《かわい》がり過ぎたせいかも知れねえ」

欲望が、かなえられないと、つまらないことを、妄想してしまうものらしい。

「そうに、決まってらあ」

千吉は、ひとりで、頷いている。

「畜生ッ。今夜は、膝を抱えて、寝なきゃならねえのか」

千吉がボヤいた時である。

廊下に面した障子が、がらッと、開いた。

ひどく艶《なま》めかしい匂《にお》いと一緒に、ネグリジェ姿の若い女が、転がりこんできた。

5

素晴らしい美人であった。

その美人が、ふらふらと、部屋に入ってくると、啓介の膝の上に、倒れ込んだ。

そのまま、気を失ったように、動こうとしない。

「おい」

と、啓介は、呼んでみたが、女は返事をしなかった。

二人は、呆気《あつけ》に取られた表情で、顔を見合わせた。

啓介が、抱き起こした。が、女は、眼を閉じたままだった。微《かす》かな寝息を立てている。

「変な女だ。寝ちまってやがる」

「だが、すげえ別嬪《べつぴん》じゃねえか。俺も、いろんな女を見るが、こんな別嬪は、初めてだ」

千吉が、感心したように、いった。啓介も、その点は、同感だった。とにかく、綺麗《きれい》な女であることは、間違いない。

「離れの女だな。きっと」

啓介がいった。

その時、廊下に、ひどく周章てた足音がした。

「おい、障子を閉めろ」

啓介が、怒鳴った。千吉が、きょとんとしていると、

「障子を閉めるんだ」

と、また、怒鳴った。千吉が、引きずられるように、障子を閉めた。

「この女もかくすんだ」

と、啓介は、いった。

「かくす?」

「そうだ」

「しかし――」

「今夜、膝を抱いて寝るつもりか?」

「違いねえ」

千吉も、にやっと笑った。二人とも、ヤクザっぽい眼付きになっている。昔の味が忘れられないという奴である。

二人は、女を、隣の部屋に移すと、何喰《なにく》わぬ顔で、元に戻った。

とたんに、廊下に面した障子が、がらッと開いて、三十歳ぐらいの男が、顔を出した。周章てているらしく、顔が蒼ざめている。

「今、若い女が、来ませんでしたか?」

男は、低い、押し殺したような声で、二人に、訊いた。

「知らないな」

と、啓介が、いった。千吉も、頷いて見せる。

「ネグリジェを着た娘なんですがね」

男は、部屋を見廻しながら、いった。

「見ませんか?」

「知らないよ。俺たちは、今、着いたばかりなんだ」

「そうですか——」

男はがっかりした顔で、「どうも」と、いってから、障子を閉めた。

足音が、遠くなった。男は、旅館の外を探すつもりらしい。

啓介と、千吉は、顔を見合わせて、にやッと笑った。

「ついてるぜ。俺たちは」

千吉が、いった。

「昨日は、百万円が、棚ボタだし、今度は、若い別嬪で、向うから飛び込んで来るんだからな」

「つき過ぎてて、怖いくらいだ」

「怖いといえば、あの男、まさか、警察に、いわねえだろうな。俺たちが誘拐犯人にされちまうぜ」

「びくびくするなよ」

啓介は、千吉の肩を叩いた。

「女の方から勝手に飛び込んで来たんだ。それに、この近くに、ポリ公なんて、いやしねえ」

「ほんとに、ポリ公は、いねえかね？」

「こんな小さな村に、いるものか。いたとしても、老いぼれの駐在が一人ぐらいのものだ。ピストルもろくに持てねえような――」

「老いぼれでも、ポリはポリだぜ」

「そんなに心配なら、様子を見てくるんだな」

啓介がうるさそうにいうと、千吉は、こたつから出て、廊下に出て行った。

啓介は、奥の部屋へ足を運んだ。

女は、さっき、寝かせたままの姿勢で、蒲団《ふとん》に横たわっていた。

相変らず、こんこんと、眠り続けている。

「妙な女だ」

と、啓介は、ひとり言をいいながら、女の顔を眺め、改めて、その美しさに感嘆した。

啓介は、いく人かの女を知っているが、その殆《ほとん》どが、水商売の女だった。美人もいたが、崩れた美しさだった。が、この女は、違っていた。

陰のない美しさだった。何となく、犯しがたい美しさがある。

「ふーむ」

と、啓介が唸《うな》った時、千吉が戻ってきた。

「どうだった？」

と、啓介がいうと、

「それが、妙なんだ。わけが判らねえ」

千吉が、首をひねって見せた。

6

「今、帳場で訊いてきたんだが、さっきの男が、急に、帰ると、いいだしたんだそうだ」

「帰る？」

啓介も、首をかしげた。

「この女を、置きっ放しにしてか？」

「そりゃあ、知らねえ。とにかく、帰るといって、宿料を払ったそうだ」

「判らねえな」

「念のために、番頭に、このあたりに、駐在はないのかと訊いたら、あるというんだ。ところが、さっきの男は、そこに、頼みに行かなかったらしい。それに、妙なことが、もう一つある」

「何だ？」

「男が発《た》つっていうんで、番頭が、女のことを訊いたそうだ。そうしたら、先に東京に帰したと、いったそうだ」

「東京に帰したものが、どうして、ここに、いるんだ？」

啓介は、女を指した。

「そんなことを、俺が知るもんか」

千吉は、首をふって、

「とにかく、あの男は、女を探すことを、あっさり、諦《あきら》めちまったらしい」

「もう、宿を出たのか？」

「いや、今、部屋で、帰り仕度をしているところだ」

「ふーむ」

と、啓介が唸った時、廊下に、ひどくあわただしい足音がした。

啓介と千吉は、障子を開けて、廊下を覗《のぞ》いてみた。

さっきの男が、重そうにトランクをぶら下げて、階下へ降りていくところだった。何故か判らないが、ひどく、周章てている。

「変な奴だな」

と、啓介が呟《つぶや》いた時、男の消えた廊下を眺めていた千吉が、

「やっこさん、何か落したぜ」

と、部屋から飛び出して行った。

千吉が拾ってきたのは、一枚の名刺だった。

名刺には、「土建業、猿渡五郎《さわたりごろう》」の名前と、「東京都府中《ふちゆう》市××町」と、住所が、印刷してあった。

「渡してやるか?」

「名刺一枚ぐらい、どうってことあるものか」

と、啓介は、いってから、

「妙な因縁《いんねん》だな」

と、いった。

「こいつの住所は、俺たちのいた府中刑務所の近くだぜ」

「本当だ」

千吉は、眼を大きくした。

「府中には、妙な人間が揃《そろ》ってるじゃねえか。俺たちに、百万円の金を、めぐんでくれる

人間がいたり、美人を置いてってくれる男がいたりさ、欲のねえ人間が、住んでるんだな」

「ところで、この女だが、どうする」

啓介は、もう一度、女を見た。

「どうするって、決まってるじゃねえか」

千吉は、舌なめずりして見せた。

「あの男は、俺たちに呉れてったんだ。何とかいうじゃねえか。ええと——」

「据膳《すえぜん》喰《く》わぬは、男の恥か——?」

「それだ。恥をかかねえうちに、いただこうじゃねえか」

「まだ、眠ってるぜ」

「よく寝る女だな」

千吉は、指さきを伸ばして、女の頰《ほお》の辺りを、ぴしゃぴしゃと、叩いた。

しかし、女は、起きる気配がない。

「まさか、死んじまってるんじゃねえだろうな?」

ふと、千吉が、蒼い顔になって、啓介を見た。

啓介は、笑った。

「死人が息をするものか。顔を見ろよ。血色もいい」

「じゃあ、どうして、起きねえんだ？」

「俺は考えるんだが、どうやら、この女は薬を飲んでるらしい」

「薬？」

「睡眠薬だ。考えてみろよ。連れの男は、女がいなくなったら、逃げ出すように、発っちまった、ろくに探しもせずにだ。俺は、二人で、心中するつもりで、ここへ来たんだと思う。だから、こんな寂しい温泉へ来たんだ」

「心中！」

「そうだ。まず、女が睡眠薬を飲んだ。ところが、男の方は、急に死ぬのが怖くなった。まごまごしているうちに、薬のまだ効いていない女は、ふらふらと部屋を出て、俺たちのところへ飛び込んで来ちまったってわけだ。男は周章てた。男は、女が薬を飲んだのを知ってる。死体が発見されれば、殺人になる。だから、女を放り出して、逃げ出したんだ」

「なるほどなあ」

と、千吉は、感心したようにいったが、急に、狼狽《ろうばい》した眼付きになって、

「一寸《ちょっと》、待ってくれよ。兄貴の話が本当だとすると、この女は、このまま、眼が覚めずに、死んじまうのかな？」

「かも知れねえ。それでも、いただくか？」

「うーむ」

千吉は、考え込んでしまった。

「眠っているうちに、いただくのは悪くねえが、いただいているうちに、ポックリいかれるとなると、縁起でもないからな」

「その可能性だって、あるんだぜ」

「おどかすなよ。だが、いい女だ。惜しいなあ」

「いい女は、確かだ。こんな綺麗な女は見たことがねえ」

「勿体《もったい》ねえ話さ。何とか助ける方法はねえかな？」

「医者なら、何とかなるかも知れねえが」

「呼んで貰うか？」

「こんなところに、医者がいるものか。それより、このまま、この女が死んだら、俺たちが、殺したと思われるかも知れねえぞ」

「本当か？」

千吉が、顔を蒼くした。

啓介は、頷いて見せた。

「女が転がり込んできた時は、棚ボタだと思ったんだが、ひょっとすると、疫病神《やくびょうがみ》かも知れねえ」

「じゃあ、どうすれば、いいんだ?」

「離れに、移しとこうじゃねえか。あそこで死ねば、逃げた男のせいになる」

「そうしよう。犯人にされるのは、真っ平だからな」

千吉は、すぐ賛成した。

二人は、両側にわかれて、眠り続けている女の頭と足を持った。

「しかし、惜しいなあ」

と、千吉が、残念そうにいう。

「いい女なんだがな」

「犯人にされるよりは、ましだぞ」

啓介は、脅かすようにいった。

「そりゃあそうだが、まさか、兄貴はあんまりいい女なんで、仏心《ほとけごころ》を起こしたんじゃあるめえな」

「馬鹿をいえ。本当に、このまま死ぬかも知れねえんだ」

啓介は、周章てていった。仏心が起きなかったとは、いい切れないらしい。

「とにかく、早く、離れに、運んどこうじゃねえか」

啓介は、怒ったような声で、いった。

二人は、障子を開けて、女を廊下に運び出した。眠っている人間というのは、ひどく重い。二人は、もたもたと、離れに向って、運び始めた。

「惜しいなあ」

と、千吉が、ぐちっぽく、また、いった時、どた、どたという荒っぽい足音と一緒に、

「こらッ、待てッ」

という怒声が、二人の背中に、飛びかかってきた。

7

二人は、思わず、抱えていた女の身体《からだ》を、廊下に落してしまった。

女は、転がっても、まだ、眠り続けている。

「止まれッ」

と、背後の声が、いった。

二人は、ふり向いた。あんまり上等でないオーバーを着た三人の男が、廊下を駈《か》けてき

て、二人を取り囲んでしまった。

(刑事《デカ》だ)

と啓介も、千吉も、直感した。匂いで判るのである。

二人は、顔を見合わせた。別に悪いことはしていないと思っても、自然に、顔から血の気が引いている。それに、この女のことを、何と、説明したものか。

「俺たちは、何も悪いことは、していねえよ」

千吉が、のどにからまったような声で、いうと、一番背の高い刑事が、

「とぼけるなッ」

と、大きな声で、怒鳴った。

「証拠は、揃い過ぎるほど、揃っているんだ」

「証拠って、何のことだ?」

啓介は、やや落ち着いた声で、訊いた。

「そこにいる女と、この千円札だ」

刑事は、ポケットから、一枚の千円札を取り出して、二人の眼の前で、振って見せた。

「お前たちは、府中でこの千円札で、たばこ屋から、たばこを買った筈《はず》だ。この千円札には、特殊なインクで印がついていたんだ。それに気付かずに、使ったのが、お前たちの運

のつきだな。それから、伊豆行の切符を買う時にも使った。お前たちは、目印をつけながら、ここへ来たようなもんだ」

「何のことか、さっぱり判らねえよ」

「しらばっくれるな」

その刑事が、吐き出すようにいった時、もう一人の刑事が、部屋に入って、百万円の残りを、わし摑みにして戻ってきた。

「それ見ろ」

と、刑事が、いった。

「これで、証拠は、全部揃った。営利誘拐は罪が重いぞ。悪くすると、死刑になるかも知れん」

刑事は、脅かすように、いった。

「誘拐？　冗談じゃやねえ」

「こっちも、冗談で、ここまで、追って来たんじゃない。そこにいる娘を誘拐して、土管の中に、百万円置くように、脅迫の電話をかけたのは、お前たちだろう？　違うとは、いわせないぞ」

「土管の中に？」

啓介と、千吉は、思わず、顔を見合わせた。

「そうだ。土管の中にだ」

刑事は、二人を睨《にら》んだ。

「その上、新聞に出なかったのを、いいことに、約束通りにしなかったなどといって、また、百万円を要求した。少し、悪どすぎたのが、失敗のもとだったな」

「違うんだッ」

啓介と、千吉は、思わず、絶叫した。

「全然、違うんだ」

「往生際《おうじようぎわ》が悪いぞ。大人しく、ついてくるんだな」

刑事たちは、手錠を取り出すと、容赦《ようしや》なく、二人の手に、かけてしまった。

「いいわけすることがあったら、東京に行ってから、して貰おうじゃないか」

8

啓介と、千吉は、東京に連行され、薄暗い留置場に、放り込まれた。いろいろと、釈明したのだが、本気に、聞いてくれたかどうか、見当がつかなかった。

「最初から、話がうますぎると、思ったんだ」

留置場の壁に寄りかかって、千吉が、ボヤいた。

「百万円が、転がり込んできたり、若い娘が飛び込んできたり、最初から、話が、うますぎたよ」

「犯人は、名刺を落していった男だ」

「あの名刺は、刑事に渡したんだろ？」

「渡した」

「じゃあ、俺たちは、出して貰えるかな？」

「さあな。俺たちも、共犯と思われるだろうな。あの男が捕まっても」

「じゃあ、死刑になるのか」

「あの娘が、目覚めてくれれば、俺たちが犯人じゃないと、証言してくれるんだが」

「覚めずに、死んじまったら？」

「俺たちは、死刑になるかも知れねえ」

「止《よ》してくれよ」

千吉は、泣き声になって、いった。

「他人のやったことで、死刑になるなんて、俺は、いやだよ。いい目なんか、これっぽっちも見てねえんだからな」

「泣くなよ。みっともねえ」

啓介は、叱《しか》ったが、彼の顔も、情けなさそうに、歪《ゆが》んでいた。二人は、なかなか、留置場から、出して貰えなかった。

二日目に、やっと、呼び出された。

啓介と千吉が、頬のこけた顔で、取調室に入って行くと、いつかの刑事と一緒に、和服姿の若い女がいた。

あの時の女である。とたんに、啓介も千吉も、「助かった」と、小さな声で、叫んでしまった。

「そうだ。君たちは、助かった」

と、刑事が、笑いながらいった。いつの間にか、お前たちが、君たちになっていた。

「娘さんの命が助かったんで、君たちが、犯人でないことが、判った。それどころか、君たちは、犯人から、この娘さんをかくまったらしいな？」

「ええ、そうなんです」

千吉が、周章てて、いった。

「必死でしたよ。命がけで、かくまったんですよ。俺たちが、かくまわなけりゃあ、この娘さんは、今頃、犯人に殺されていたかも知れないんだ。そうでしょう?」

「かも知れん。だが、土管の中から、黙って、百万円の金を持ち去ったのは、良くないな」

「あれは、神さまが、俺たちに呉れたんだと、思ったもんだからね。何しろ、正月を、温泉場で送りたいと、そればかり考えていたもんだから、つい――」

「本当なら、横領罪を構成するところだが、君たちが、あの金を使ってくれて、奥伊豆へ行ってくれたおかげで、事件が解決できたし、娘さんも無事に戻ったんだから、今回は、不問にしよう」

「じゃあ、釈放してくれるんですね?」

「うむ。犯人も捕まったからな」

「やっぱり、名刺の男でしたか?」

「それと、共犯が一人だ。名刺の猿渡という男が、娘さんを、あの温泉場にかくし、共犯の男が、府中に残って、金を要求していたんだ。とにかく、君たちは、もう帰ってよろしい」

「やれやれ」

二人が顔を見合わせた時、刑事が机の引出しから封筒を取り出して、二人の前に置いた。

「忘れていたが、娘さんを助けてくれた者には、二十万円の賞金が、娘さんの家族から、出ることになっていたんだ。君たちの場合は、どう考えても、怪我《けが》の功名《こうみよう》だが、渡さんわけにもいかんだろう。受け取りたまえ」

「どうぞ」

と、娘も、微笑していった。

啓介と千吉の顔が自然に、だらしなく弛《ゆる》んでくる。千吉が、先に、封筒の中を覗き込んだ。

「あれッ」と、千吉が、頓狂《とんきよう》な声を出した。

「二十万だなんて、足りねえや」

「当り前だ」

と、刑事が、いった。

「お前たちが、たばこを買ったり、背広を作ったり、旅館に泊まったりした分を、ちゃんと差し引いてあるのだ」

「ちえッ。世智辛くなりやがったな」

「そんなに、世の中は甘くはない。そうだろうが?」

刑事は、大きな声でいったが、その顔は、笑っていた。

「それだけあれば、温泉ぐらいは、行ける筈だ」

二人は、封筒を、ポケットに押し込んで立ち上がった。

警察を出る時に、壁に掛っているカレンダーを何気なく見ると、今日は、もう、新しい年の旦《あさ》であった。

この作品は平成三年三月角川書店より文庫判で刊行されました。

なお、本書は、昭和四十年から五十年代初めにかけて雑誌に発表された作品で、現在の状況とは異なっている場合があります。

夜の脅迫者

一〇〇字書評

切・り・取・り・線

購買動機（新聞、雑誌名を記入するか、あるいは○をつけてください）	
□（　　　　　　　　　　） の広告を見て	
□（　　　　　　　　　　） の書評を見て	
□ 知人のすすめで	□ タイトルに惹かれて
□ カバーが良かったから	□ 内容が面白そうだから
□ 好きな作家だから	□ 好きな分野の本だから

・最近、最も感銘を受けた作品名をお書き下さい

・あなたのお好きな作家名をお書き下さい

・その他、ご要望がありましたらお書き下さい

住所	〒				
氏名		職業		年齢	
Eメール	※携帯には配信できません	新刊情報等のメール配信を 希望する・しない			

この本の感想を、編集部までお寄せいただけたらありがたく存じます。今後の企画の参考にさせていただきます。Eメールでも結構です。

いただいた「一〇〇字書評」は、新聞・雑誌等に紹介させていただくことがあります。その場合はお礼として特製図書カードを差し上げます。

前ページの原稿用紙に書評をお書きの上、切り取り、左記までお送り下さい。宛先の住所は不要です。

なお、ご記入いただいたお名前、ご住所等は、書評紹介の事前了解、謝礼のお届けのためだけに利用し、そのほかの目的のために利用することはありません。

〒一〇一‐八七〇一
祥伝社文庫編集長　坂口芳和
電話　〇三（三二六五）二〇八〇

祥伝社ホームページの「ブックレビュー」からも、書き込めます。
http://www.shodensha.co.jp/bookreview/

祥伝社文庫

夜《よる》の脅迫者《きようはくしや》

平成27年3月20日　初版第1刷発行

著　者　西村京太郎《にしむらきようたろう》
発行者　竹内和芳
発行所　祥伝社《しようでんしや》
東京都千代田区神田神保町3-3
〒101-8701
電話　03（3265）2081（販売部）
電話　03（3265）2080（編集部）
電話　03（3265）3622（業務部）
http://www.shodensha.co.jp/

印刷所　萩原印刷
製本所　積信堂
カバーフォーマットデザイン　芥陽子

Printed in Japan ©2015, Kyotaro Nishimura　ISBN978-4-396-34097-1 C0193

西村京太郎ファンクラブのお知らせ

会員特典（年会費2200円）

◆オリジナル会員証の発行
◆西村京太郎記念館の入場料半額
◆年2回の会報誌の発行（4月・10月発行、情報満載です）
◆抽選・各種イベントへの参加（先生との楽しい企画考案中です）
◆新刊・記念館展示物変更等のハガキでのお知らせ（不定期）
◆他、追加予定!!

入会のご案内

■郵便局に備え付けの郵便振替払込金受領証にて、記入方法を参考にして年会費2200円を振込んで下さい　■受領証は保管して下さい　■会員の登録には振込みから約1ヶ月ほどかかります　■特典等の発送は会員登録完了後になります

［記入方法］ **1枚目**は下記のとおりに口座番号、金額、加入者名を記入し、そして、払込人住所氏名欄に、ご自分の住所・氏名・電話番号を記入して下さい

郵便振替払込金受領証　窓口払込専用

口座番号	金額	加入者名	料金（消費税込み）	特殊取扱
00230-8-17343	2200	西村京太郎事務局		

2枚目は払込取扱票の通信欄に下記のように記入して下さい

通信欄
(1) 氏名（フリガナ）
(2) 郵便番号（7ケタ）※必ず7桁でご記入下さい
(3) 住所（フリガナ）※必ず都道府県名からご記入下さい
(4) 生年月日（19××年××月××日）
(5) 年齢　(6) 性別　(7) 電話番号

※なお、申し込みは、郵便振替払込金受領証のみとします。
メール・電話での受付は一切致しません。

■お問い合わせ（西村京太郎記念館事務局）
TEL 0465-63-1599

祥伝社文庫の好評既刊

西村京太郎
十津川警部「子守唄殺人事件」
奇妙な遺留品は、各地の子守唄を暗示していた。十津川は連続殺人に隠された真相に迫る。

西村京太郎
しまなみ海道　追跡ルート
白昼の誘拐。爆破へのカウントダウン。十津川警部を挑発する犯人側の意図とは!?

西村京太郎
日本のエーゲ海、日本の死
〝日本のエーゲ海〟こと岡山・牛窓で、絞殺死体発見。十津川は日本政界の暗部に分け入っていき……。

西村京太郎
闇を引き継ぐ者
死刑執行された異常犯〝ジャッカル〟の名を騙《かた》る誘拐犯が現れた！　十津川は猟奇の連鎖を止められるか!?

西村京太郎
夜行快速《ムーンライト》えちご殺人事件
新潟行きの夜行電車から現金一千万円とともに失踪した男女。震災の傷痕が残る北国の街に浮かぶ構図とは？

西村京太郎
オリエント急行を追え
ベルリン、モスクワ、厳寒のシベリアへ……。一九九〇年、激動の東欧と日本を股に掛ける追跡行！

祥伝社文庫の好評既刊

祥伝社文庫の好評既刊

西村京太郎

特急「富士」に乗っていた女

女性刑事が知能犯の罠に落ちた。部下の窮地を救うため、十津川は辞職覚悟の捜査に打って出るが……。

西村京太郎

謀殺の四国ルート

道後《どうご》温泉、四万十川、桂浜《かつらはま》……。続発する怪事件！　十津川は、迫る魔手から女優を守れるか!?

西村京太郎

生死を分ける転車台　天竜浜名湖鉄道の殺意

鉄道模型の第一人者が刺殺された！　カギは遺されたジオラマに？　十津川が犯人に仕掛けた罠とは？

西村京太郎

展望車殺人事件

大井川鉄道で消えた美人乗客――。大胆なトリックに十津川警部が挑むトラベル・ミステリーの会心作！

西村京太郎

SL「貴婦人号」の犯罪　十津川警部捜査行

東京－山口－鎌倉－京都。消えた〝鉄道マニア〟を追え。犯行声明はSL模型!?

西村京太郎

九州新幹線マイナス1

放火殺人、少女消失事件、銀行強盗、トレインジャック！　十津川を翻弄する重大犯罪の連鎖――。

祥伝社文庫　今月の新刊

西村京太郎　**夜の脅迫者**
悪意はあなたのすぐ隣りに…ひと味違うサスペンス短編集。

南　英男　**手錠**
鮮やかな手口、容赦なき口封じ。マル暴刑事が挑む！

長田一志　**八ヶ岳・やまびこ不動産へようこそ**
わけあり物件には人々の切なる人生が。心に響く感動作！

龍　一京　**汚れた警官**　新装版
先輩警官は麻薬の密売人？背後には法も裁けぬ巨悪が！

鳥羽　亮　**鬼神になりて**　首斬り雲十郎
護れ、幼き姉弟の思い。悪辣な刺客に立ち向かう。

井川香四郎　**取替屋**　新・神楽坂咲花堂
義賊か大悪党か。江戸に戻った綸太郎が心の真贋を見抜く。

睦月影郎　**みだれ桜**
切腹を待つのみの無垢な美女剣士に最期の願いと迫られ…

喜安幸夫　**隠密家族　御落胤《ごらくいん》**
罪作りな〝兄〟吉宗を救う、〝家族〟最後の戦いとは!?

佐伯泰英
完本　**密命**　巻之一　見参！　寒月霞《かすみ》斬り
一剣が悪を斬り、家族を守る色褪せぬ規格外の時代大河！

完本　**密命**　巻之二　弦月三十二人斬り
放蕩息子、けなげな娘…御用繁多な父に遠大な陰謀が迫る。